# 我的无瑕时代

从我的世界走近你的心灵

吴瑕 著

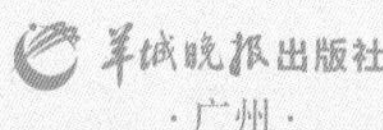

图书在版编目（C I P）数据

我的无瑕时代 / 吴瑕著. —广州：羊城晚报出版社, 2016.11
ISBN 978-7-5543-0365-8

Ⅰ. ①我… Ⅱ. ①吴… Ⅲ. ①杂文集—中国—当代
Ⅳ. ①I267.1

中国版本图书馆CIP数据核字（2016）第223413号

我的无瑕时代
WO DE WUXIA SHIDAI

责任编辑 黄初镇
责任技编 张广生
装帧设计 hoshifuruya
责任校对 董 琳
出版发行 羊城晚报出版社（广州市天河区黄埔大道中309号羊城创意产业园3-13B 邮编：510665）
发行部电话：（020）87133824
出 版 人 吴 江
经 销 广东新华发行集团股份有限公司
印 刷 广州市赢彩彩印有限公司（地址：广州市白云区嘉禾街鹤边鹤泰东路工业区C栋自编6号）
规 格 787毫米×1092毫米 1/32 印张7.75 字数150千
版 次 2016年11月第1版 2016年11月第1次印刷
书 号 ISBN 978-7-5543-0365-8
定 价 39.80元

出　品：广东无瑕时代文化传播有限公司

监　制：吴　瑕

统　筹：钟宝怡

企　传：十　三/梁萁恩

摄　影：齐　元/松尾先森

造　型：李小芹/Kibendi

化　妆：娜　娜/Samuel Leung/倪睿阳

设　计：hoshifuruya hoshifuruya

文　案：吴　瑕

特别鸣谢：

*from*：　　　　　　吴　瑕

我的无瑕时代，

一直在　并没有改变。

你 呢?

都说好记性不如烂笔头，

其实真正的好东西是用笔记不下来的。

# 序　一

和吴瑕在广东卫视《财经郎眼》节目认识，她的外表是典型的江南美女的款式，后来交往多了，发现她很有经济头脑，对自己的人生有着独到的设计和追求，不甘平庸，希望过一种“吴瑕完美”的人生。

从我的专业领域解读吴瑕，她首先是一个“财女”，财商颇高，大二开始就自己按揭了房子，从十几万首付的房子到现在上千万的房产，从股票到其他领域的投资，吴瑕都玩得有声有色。对很多追求财务独立的美女而言，她是一个励志的典型。

吴瑕也是一个才女，在自己的主持领域开拓天地的同时，还出了唱片专辑，创办生活艺术空间，还投资了中国第一家O2O的电影院，不断拓展自己的事业空间，也不断地为自己人生的画板添加更多的元素和色彩。这次她要把自己的故事写成书和大家分享，希望她的《我的无瑕时代》能够给大家更多人生的启发和意义。

在这个美图秀秀肆意粉饰的年代，一个人是美女不稀奇；在这个财富横流的时代，一个人有钱也不稀奇。但是，同样在这个时代，一个天然美的人，在实现物质自己的同时，仍然不忘记自己“吴瑕”的人生梦想，这样的女孩的确稀奇。

我希望吴瑕以她的《我的无瑕时代》给更多追梦的人希望和勇气。

——中国著名经济学家 马光远

# 序　二

作为一个被贴上资深文艺男标签的、做过文人的商人，没有几个漂亮而又会写字的女（性）朋友是说不过去的。

我认识的第一个飒而又写得一手好字的女文青是黄爱东西。她本名黄爱东，原本通俗之名加上一个后缀，顿时高大上兼文艺。伊是我们那个年代当之无愧集美貌智慧于一身的女子。身高近一米七，长发配长腿，年少时更有胯下摩托，暗夜狂奔的传奇。她后来落草为寇做了我的同事，在我的隔壁办公室上班。每天叼着一支烟，沙哑着嗓子、慵懒地、漫不经心地与我们东扯西拉。

这东西长得妖娆，文字相由心生。家长里短，寻常巷陌，到了她笔下，却透出一股狐媚之气。这是我们一心想着铁肩担道义、妙手著文章之辈所望尘莫及且知其然不知其所以然的。当年的她，不仅一本一本地出版作品，而且还在大上海开专栏，是20世纪90年代冲出广州，走向全国的广州作家代表。

由于气味相投，我们经常结伴参加广州城内各种牛鬼蛇神的聚会。我的那辆小摩托的后座，经常坐着这位长发长腿的美女。一次在省电台门口邂逅某人，他拍着我的肩说，照顾好我老婆啊……

陈红云、王延礴是我曾经的亲密战友。红云成名甚早，共事之前就在一些杂志上看过她的影评之类的文字，对其思想深度和渊博知识倾慕已久。王延礴是武大才女，当年著名的女流浪记者。早在20世纪90年代，人家就为了诗和远方，抛弃了高干家庭舒适的苟且，义无反顾到广州做了没有户口、没有编制的流浪记者。她们俩是我当时创办的《赢周刊》靓丽的风景线，我指的不仅是文字。红云的文字典雅华丽，有浓烈的浪漫情怀；延礴的鬼斧神工，常有出人意料之笔。她们共同成就了《赢周刊》当时最值得自豪的一个专栏《生于六十年代》和同名系列丛书。几乎中国当年最优秀的生于60年代的精英都被她们的文字所覆盖，她们以她们的才华和情怀，为中国60年代出生的人留下了珍贵的集体记录。其价值不亚于《一百个人的十年》。

还是在《赢周刊》时，陈文兄带着一位肤色黝黑的女孩来找我，说是给我推荐一位人才。N年后，这位黑玫瑰成为我下海后的同行，在茂德公草堂做起了掌柜。在狂热工作的同时，她疯狂地旅游并写字，成就了一篇篇华丽的、浪迹天涯的文字。她的名字叫曾敏儿，江湖上的名号是茶玫。她有着三毛般不羁的心和杨二车娜姆般浓烈的装扮。与其他人不同的是，她一直在用文字丈量世界。她让人看到了真正的率性和无畏。我常常自惭于不能像她那般说走就走。我唯一能做的，就是用她的文字，浇我四海为家的夙愿。

红肚兜儿是一个相貌清纯的小女子，但文字却极骇人。先是各种恋尸、猛鬼、电锯杀人重口味，后是集生理卫生和心理暧昧于一体的小黄文，看得人一边叹服其文字精到一边思忖：这些事如此活灵活现、活色生光她是如何琢磨出来的？她的小黄文篇篇直抵G点，让人不好意思，又不得不一篇接一篇地追看。

后来我跟她有一个经典的合作，让她在万圣节时到我们长隆欢乐世界扮演贞子。她演得入木三分到瘆人，最后我都不敢靠近她。她的表现让人怀疑她到底是入戏太深，还是本来就阴阳一体。

上面这些人在我认识她们的时候她们就是写字的。而有些人在我认识的时候只是美丽而已。比如吴瑕。在我初识她的时候，她只是一个蹦蹦跳跳、能说会道的靓丽主持人。直到有一天她告诉我她开始写作的时候，我开始对她刮目相看。

我认为，会写字的女孩无疑内心是丰盈而智慧的。

文字其实是这种丰盈和智慧的不可遏制的喷薄而出。因为写作，吴瑕在我心目中的形象已然不同。

经常有人抱怨没什么好写的，其实，对于写作来说，最重要的是开始，而不是必须学富五车，才高八斗。从自己的旅行开始，从自己的经历开始，从自己的辛酸苦辣开始……总之，一切均可入文。写着写着，你就会发现，每一个个体都是值得被记录的。陈文曾经写了一本自传《吃饭长大》，记录的都是成长过程中的琐碎和平凡，但居然被反复加印。无他，与那些名人自传相比，人们同样享受普通人遭遇的共鸣。

与我上面的那些女性朋友相比，吴瑕的文字是质朴和平静的。打动我的，是它的真实感。它让我看到了作为女性朋友的吴瑕的另一面。她坐在我对面，对着我娓娓道来，次第展开她的心卷，让我感受芸芸众生中个体体验的微妙和被信任的快乐。

无瑕时代，是一种理想。但理想是一个多么美好的东西啊。它让我们穿越尘土，走向清朗，让我们背负伤痕，乐观前行。

《我的无瑕时代》，值得我们在闲暇时翻翻、想想。

——前资深媒体人、企业营销高管熊晓杰 熊晓杰

# 序　三

因为公司业务的需要，需要组建一支女子乐队组合，在海选的时候，见到了吴瑕。那年，她是星海音乐学院一年级学生，那年，她19岁，记得她是由妈妈陪同来面试的，没有一般少女的羞涩紧张，倒是清清爽爽，受过训的嗓音清脆悦耳，尤其是一双干净明亮的眼睛，清澈无瑕！当然她成为公司年龄最小的签约艺人。

当年，吴瑕和其他三位女子成员在石家庄体育场，领四万人共舞parapara，打破共舞人数最多的世界吉尼斯纪录，央视直播的镜头一直切给吴瑕，事后各路媒体都在追逐着她，大家一致认为这个女孩儿，青春明丽，笑靥如花。

之后，吴瑕接任公司一档全国联播娱乐资讯强档《娱乐大搜查》主播，走进全国观众视野，开始电视主持生涯，随后主持广东卫视新锐资讯节目《粤港澳零距离》，之后奠定了职业方向，现在成为广东卫视综艺节目著名主持人，记得当年广东台来要人的时候，我也学伟人说了一句话：天要下雨，娘要嫁人，去吧！当时真的有一种嫁女的不舍！

从豆蔻少女到现在的气质美女主持，我一直在看着吴瑕的成长和蜕变，现在的她已经青涩尽去，更多的是从容睿智，她还是那样喜欢唱歌，但让我更惊讶的是她用很有质感的语言去收集生活点滴的文字，原来一名如此爽朗的姑娘，竟然有一颗这样驿动的心。

很感谢吴瑕还惦记着我这位老东家，出书之前约我可否帮起个书名，我毫不思索，提名我的无瑕时代！一方面是谐音巧合，更重要的是，希望吴瑕在这喧嚣浮世，呵护尚未尘染的心灵，明眸如初，无瑕无疵，守护一段长长的花样年华。

——黄英毅

# 序　四

世上有些人离得很近，但隔得很远；有些人隔得远，但其实很近。吴瑕，在我认识的众多妹妹中，属于后者。

当吴瑕刚出道时，因为她的老板黄英毅我们就认识了。印象中她就是一位你绝不会讨厌，但也不会有任何非分之想的邻家小妹妹，灿烂的笑容里没有杂质。吴瑕出道时，正赶上广州从过往鼎盛的文化中心地位渐渐被北京、上海超越、拉远的时候。她的老板和我一样对此心有不甘，如堂吉诃德般挥洒着青年后的情怀，追逐着在娱乐圈大干一场的梦。在那些日子里，看着吴瑕作为主持一步步地走着，其间还首次触电，拍了广州本地的大电影《外来媳妇本地郎》。而我也渐渐把自己的重心挪到了北京和香港做电影，离广州也越来越远。

因为身在这个圈，看惯了新人自由生长的高低浮沉，我极少去主动八卦别人的私事。在这一路上，总把吴瑕划归在我认识的无数的主持人之列，每次偶遇依然熟悉，但熟悉之外，其实也只是更多通过电视、微博、朋友圈知道当初的小妹妹成为广东电视台的当家花旦，知道她和我有很多共同的朋友， 知道她正在培养一些如同当初的她的晚辈。直到有一天，在微博上看见有人在传吴瑕在湖南卫视做主持时的绯闻，迅速秒批。那一刻，就像自家的妹妹受了别人欺负，做大哥本能地义愤填膺地站出来替她说话。也在那一刻，我想我们彼此都感到了近。

再然后，就有了很多然后。第一次收到她送给我的唱片，在回家的路上打开来听，才发现原来她有着如此甜美的声音和星海音乐学院的根基；第一次走近她的会所，听她讲她的爱情和创业史，竟然还碰撞出一部绝佳的电影题材。吴瑕告诉我，她也有着同样的电影梦，从《一路狂奔》开始，她在电影的路上也开始了自己的旅程。而比这更让我惊讶的是她已经完成了一本书的文稿，还给它起了一个最适合她本人的名字“我的无瑕时代”。

吴瑕喜欢上写文章，是在她事业有段时间遇到挫折时开始的。如果你在她那张十年不变、阳光灿烂的脸上找不到一丝岁月带给她的阴影，也许可以静静地在字里行间读到她的心。

心无瑕，自有芳香永存！

——电影人、导演 张全欣

*happiness*

:)

# 前　言

嗡……一应响钟，檀香絮絮，人生故作禅，做怎样的禅，悟怎样的道，修怎样的行，都是一本长长的行脚书，所以，我把这次写作，看作是一种修行。

我也想过无数种的开头，但不是所有的一切都会像你想象的一样，因为生活难以想象。出生在书香门第是压力大的，从小就被大人们灌输一种思想，不读书没出路。可我是叛逆的，大人们说得越多我就越不愿意那么做。被打被骂不出奇，我的童年影像里难忘的一幕就是——《饭桌上批斗课》，体验眼泪鼻涕拌饭，感觉咸咸的。

如果我将来有孩子，应该不会这么教育，我会先培养孩子的好习惯，然后一切随其自然。试想不是当时大人们逼着我看书的话，我早就应该是一个爱看书的孩子吧？物极必反啊！

我还试想过在丽江或在洱海或在巴黎铁塔或在莱茵河畔，沐浴阳光，耳语花香，最好还有我爱的和爱我的人陪伴，我想画面应该是，靠着窗台边，阳光打在我的脸上，双手敲击着黑色键盘，滴滴答答、滴滴答答，他看着我，表情暖意洋洋，然后从我身后用那宽实的肩膀环抱着我，然后……（羞羞）CUT！ 这不是韩剧！真实的生活是，在我的右手边，只有一杯果汁陪着我，我的心看着我自己，屋子里很安静，他还没有醒，楼下有隐约油门的声音，轻雾弥漫。2015/5/22，阴天。

“黑的、白的、红的、黄的、紫的、绿的、蓝的、灰的，你的、我的、他的、她的，大的、小的、圆的、扁的、好的、坏的、美的、丑的、新的、旧的各种款式各种花色任你选择”——许哲佩《气球》。耳边响起这个旋律，一切就这样开始了，所以有时候你不必去太刻意开始，因为开始并不那么重要，昨天已经注定了今天的开始，而我们需要在意的是，如何把握今天，去期盼美好的明天。说的都是大白话，但需要花心思，一切都会变得好起来，嗯，我想应该是的……

如果读一本书，听一首歌或者是看一部电影能让你简简单单，那便是极好的。人生是一个没有快进，没有后退，没有暂停，只有播放的电影，至于选择什么样的人生剧本，那便是你一辈子的课题。

什么是无瑕时代？我想是忍着痛坚持梦想打拼的时代。可以是流下眼泪依然会笑的时代；是为了爱情飞蛾扑火的时代；是不怕岁月蹉跎心里依然明亮的时代；是人生只能回头看，却又回不去的时代。

# 我的无瑕时代

从我的世界走近你的心灵

# 目录

导语 .................. 1
匆匆那年 .................. 3
初恋 .................. 4
我想象的美好，你都没在 .................. 15
不美丽的意外 .................. 19
城市影像 .................. 22
威尼斯的变奏曲 .................. 30
我的白皮书 .................. 34
机会 .................. 40
快乐　随心 .................. 41
暗恋 .................. 44
泡面 .................. 46
瑜伽 .................. 49
呐喊 .................. 51
喃喃 .................. 53
出轨 .................. 58
爱情36计——以退为进 .................. 63
志明与春娇 .................. 68

好好爱自己 .................. 71

花花公子 .................. 74

简单女人 .................. 77

骗术 .................. 80

亲，你今天暧昧了吗 .................. 83

遇见“出轨” .................. 84

你是大餐，何必去做甜点 .................. 89

五品女生 .................. 92

怎能让欲望胡作非为 .................. 95

不了了之 .................. 98

小城故事多 .................. 100

盛夏五月天 · 大理 .................. 105

简单生活 .................. 109

闲瑕时光 .................. 118

阿SA和SA爸的单亲爱 .................. 121

轻熟男释小龙　自古英雄出少年 .................. 132

一次倾心　与许巍的擦肩而过 .................. 140

涵 · 冷不冷 .................. 143

陈珀的灵魂交响乐 .................. 147

宋嘉其　一生都记起 .................. 156

许飞　我们更应该放慢脚步 .................. 166

赵荣　选择人生 .................. 173

人生演员，演员人生 .................. 184

过半年 .................. 185

你眼中的我 .................. 188

崇尚真实的吴瑕 .................. 190

我的歌 .................. 199

知性的励志小女人 .................. 200

百味人生，五味音乐 .................. 202

淡淡的山泉水 .................. 204

苦咖啡味道 .................. 205

回忆的甘甜 .................. 206

暖暖的太阳花 .................. 207

生活艺术家 .................. 210

小结 .................. 213

谁为你的无瑕时代添色 .................. 214

末 .................. 219

· starting ·

# 导 语

选择去看一本书就好比选择了一个聊天对象，什么样的风格就从翻开的那一刻开始。

一杯茶的淡雅和清香。
一杯咖啡的浪漫和幻想。
一首歌的回忆和画面。

记忆中的光圈是一种抹不去的永恒，或美好或感伤，或甜美或苦涩，或感动或流泪，没有人可以替代你自己，让自己温暖的唯一方法就是紧紧地抱住自己。终于有一天你会明白：随心所欲，随其自然，随遇而安。

# 匆匆那年

用一首歌去祭奠我即将逝去的美好青春，电影的画面总是没有现实世界的真实，所以最真实的，应该是每个青涩少年心中播放的那幅画面。我的“青春萌动”留在高中，我们连手都没有牵过，但正是那种浅浅淡淡的感觉，反倒现在看来是极为稀罕的。那时的我们，没有物质，没有诺言。

这就是所谓的“初恋”吧。

# 初 恋

初恋？嗯，初恋……

你的初恋后面加上一个符号会是什么？

如果有模糊号就好了。

怎样算是初恋？

第一次牵手？约会？拥抱？亲吻？还是那个？

我记得读小学时我有一个很喜欢的男生，应该说是我们年级里女生的集体偶像，鹅蛋脸，眉清目秀，大队长，脾气好（打不还手，骂不还口，还一笑会露出两颗兔牙的那种）是学校里的升旗手。有一次我们唱着国歌，看着五星红旗冉冉地升起，我想大多数的女生看的不是旗，唱的不是歌，而是……你懂的！突然听到一声惨叫，旗没了，人倒下了。这是什么情况？升旗台上一阵骚动，原来我们的偶像被旗子砸破头了。那时候学校也时不时有捐款，但这一次的意外，老师提议让我们捐鸡蛋，我在家拿了6个，班上50个学生积了两箩筐鸡蛋和学校的慰问金给他们家送去了。

这次意外后，没多久他就转学了，我们连道别的时间也没有，至今也没有再见过，只是在同学聚会时偶尔会有人提起他，结婚了，生孩子了，人也发福了。

妈妈是初中的数学老师，所以我的初中恋情空白，经常被妈妈的同事，我的英语老师、语文老师等等叫去办公室补课。所以别人放学回家了，我还在学校。惊喜：有一天妈妈送了一辆自行车给我，从此我的生活便多了一份“像风的自由感”，有时也和同学骑车去大街逛逛，郊区玩玩。那时也没有喜欢的男孩子，有可能那时我爱的是“自由的味道”。

高中分班，我选择了文科。学校广播站我常放王菲和林志颖的歌，偶尔也有后街男孩的GET DOWN。我迷上了街舞，经常在家自己看录像带模仿，那时候录像带一元借一天，用早餐省下的钱，我时常会去光顾老张的店，有次看了钟丽缇和郑伊健主演的《第六感人鱼传说》，王菲唱的那首《天空》和《天使》把我小小的灵魂彻底打动，原来有人可以这么帅，有人可以这么美，有种旋律可以唱得这么醉人。

到了高中，出现了一些小波澜，他的名字叫小慊，我们是在他们班级搞活动认识的，那时我是去做嘉宾，和他一起合唱了一首《在我生命中的每一天》，然后就被同学起哄、开玩笑，闹得像真的一样，那时他是足球队的，成绩一般般，但是很能跑，在球场上追逐着球，也追逐着风，我想他也一定很爱风中自由的味道，他长得不属于帅哥那种类型，可我们好像就这么模糊地开始了，开始写信。三五天一两封，内容就像是做周记一样，汇报彼此的学习和生活感悟，现在想想也是醉了，每天都可以见面的，写什么信啊。我们平时是不打招呼的，就算擦肩而过，看到了彼此的眼神，也是呼吸急促、低着头面红耳赤地走过，就这样，心里也能美上个三天三夜。偶尔回家早，拿起座机打他家电话，想他接，又不敢他接，响了三声又挂掉，好像也成了某种暗号。

有一天大伙说一起出去玩，在爬坡时他怕我上不去就用手拉了我一把，我的第一次牵手就这么给了他。一年后，暑假我去北京学习专业唱歌，回来后我们就渐渐淡忘了，应该是我主动淡忘的。好像明白了现在最重要的是考上大学，后来就没有了书信往来，没有了暗号，突然有一天他让我打开窗门看楼下，我家在三楼，九点多的夏天，他站在一片烛光旁边，咧着嘴在笑，我那时对此竟然无动于衷，那天是我的生日。

大学时和室友聊着关于浪漫的话题，我皱了皱眉，鼻子一阵酸楚，怦然心动，才明白什么是后知后觉。我们毕业后就没有了音信。他现在也结婚生孩子了。只是那一片烛光时而回闪在我的脑海。

这算是初恋吗？好像也没有多么轰轰烈烈，但在每个人的心里都种着一棵山楂树，初恋像一阵青涩的晨风，当太阳慢慢升起时，你便难以再嗅到那股酸甜，这种味道短暂却美好，刹那即是永恒。

到了大学，别人都在恋爱，我却在忙着赚钱，排练的时间远比真正上课和玩耍的时间要多得多，没有和同学去喝啤酒、吃烤串、从上半场直落下半场的记忆，宿舍楼下的阿姨和我也不熟，进学校大门有时总害怕被拦住，还好长着一副算乖的娃娃脸。那时班尼路就是名牌，麦当劳已经足够奢侈，坐公车也常坐过站，听着觉得生硬的广东话，想着打死也学不会的粤语。结果世事难料，后来进剧组拍戏，旁边人都在讲，所以必须学，终于有了现在一口还算流利的粤语。

最好的地方，
是没去过的地方。

最好的时光，
是回不来的时光。

那些年在课堂里呼吸着的空气都是甜的，因为总爱做梦，梦想变成大歌星，不自觉地还在课本上练习着签名，想着总有一天能用上。有的人说爱做梦不好，可马云不就曾经说过：人终究还是要有些梦想，万一实现了呢。

坐在公交车上看外面正在修着地铁的路，总感觉它怎么老是修不完，数着自己挣来的钱是幸福的，也试过钱包里就剩两元钱的滋味，庆幸有方便面，不用开口去借钱。因为爸妈说，借钱不好，没钱也就天天这么过了，闲来无聊看着门口大妈的肚腩越变越大，有种想叫她减肥的冲动，但一直也没说出口，那时时间老是不够用，忙！总是很忙。对了，还有一位老是喜欢穿着白汗衫看门的大爷，接电话时总是很大声、很凶的模样，所以我不愿麻烦他，大学二年级就和同学去外面租房了。自豪的是从那时起，我就没向家里要过一分钱。

改变你能改变的，
适应你不能改变的，
生活就是那么简单。

那年我头发很短，比李宇春还李宇春。青春就是要疯狂，那时大学里的每一个人都是像得了精神病一样，各种爆发，各种报复，爸妈从小管得严的都恋爱了，男生好多都学着抽烟和泡妞，学霸估计也不只是单纯的学霸。

女生宿舍的话题离不开男生，男生宿舍的话题离不开妞。总是时不时地听到一些当时觉得骇人听闻的八卦。比如：谁为了谁自杀了，男主角现在还成了明星，人生低音炮的碟我叔叔都爱听，就是他。在篮球场上风靡的灌篮高手又换女友啦！他现在是我的同事、我的搭档。院花被师哥追去啦，院花现在闪电般的结婚生孩子了，嫁给了很爱她的富豪。谁跳楼未遂，谁被开除，谁比赛得了大奖成明星啦，各种周遭（想想大家还真是八卦啊），结果当初要跳楼的是最早结婚生孩子的，被开除的，自己也开了公司成了企业家。原来是明星的，结果现在开了餐馆，前段时间我还去吃了呢，味道别说，还真不错。

青春是不可复制的，小北方的葱油饼的味道到现在我还记得。每周回校上课前紧张的心情，也是以后再也没有过的，遗憾没有留下太多大学记忆，最后因为在外地演出连拍毕业照也没能赶上。没能甩帽子，没能抱着老师大哭一场，没有大学同学录，没有谈一场轰轰烈烈的爱情，来不及做的事情有很多，有机会我还真心想回去看看……

PS: 后来听妈妈说其实是有不少男生暗恋我的，只是被她遏制了。我问她怎么知道的？ 她说她会观察有谁总在背后讨论我或者跟着我……晕倒！怪不得从小没收到过一封情书。妈妈的眼线就是各个班的老师们，好有画面感。

: )

告别了大学，来到了一个现实的社会。

梦想是丰满的，现实是骨感的。

# 我想象的美好，你都没在

每个少女都有童话般的浪漫故事和美好憧憬，看了电影《灰姑娘》之后更是幻想着，坐着南瓜车，穿着水晶鞋去城堡里和王子约会，那些在我身边还在追求白马王子型的女生们，大多是梦还没醒。不过我还真没做过这样的白日梦，我总觉得工作和爱情都是需要付出的，也是需要一定运气。当人来了，机会来了，你视而不见的话，错过的也就真的错过了。把握住了的同时更需要花心思去珍惜和维系。大道理谁都会说，也都懂，可真正在工作中吃得了苦，爱情里受得了委屈的又能有几个？我认为最后能得到幸福的人，都是具备以上两点的。

人生本就是一条修行路，能在工作中吃苦，在爱情里吃亏的都能到达彼岸。多年后即使你没在，也感谢你让痛苦陪过我。

不知道为什么，我总能在窘迫中看到希望，也许那是一条我的必经之路，就像唐三藏西天取经一样，人生没有个九九八十一难，如何在古稀之年知天命?

例如：当我们遇到第一个困难时，总会抓狂和抱怨，经历之后再豁然开朗，经历第二个还会继续抓狂和抱怨，之后放下，第三个，第四个……终于明白了，困难是我们成长的维生素，也是一种能量源，什么叫厚积薄发?什么叫大器晚成?什么叫苦其心志，劳其筋骨，饿其体肤，空乏其身，行拂乱其所为，所以动心忍性，曾益其所不能。

在这里有必要把原文和译文分享，小到一个人大到一个国家，都是一个道理。

原文:

舜发于畎亩之中，傅说举于版筑之中，胶鬲举于鱼盐之中，管夷吾举于士，孙叔敖举于海，百里奚举于市。故天将降大任于斯人也，必先苦其心志，劳其筋骨，饿其体肤，空乏其身，行拂乱其所为，所以动心忍性，曾益其所不能。人恒过，然后能改；困于心，衡于虑，而后作；征于色，发于声，而后喻。入则无法家拂士，出则无敌国外患者，国恒亡。然后知生于忧患，而死于安乐也。

译文:

舜从田野之中被任用，傅说从筑墙工作中被举用，胶鬲从贩卖鱼盐的工作中被举用，管夷吾从狱官手里释放后被举用为相，孙叔敖从海边被举用进了朝廷，百里奚从市井中被举用登上了相位。所以上天将要降落重大责任在这样的人身上，一定要道先使他的内心痛苦，使他的筋骨劳累，使他经受饥饿，以致肌肤消瘦，使他受贫困之苦，使他做的事颠倒错乱，总不如意，通过那些来使他的内心警觉，使他的性格坚定，增加他不具备的才能。人经常犯错误，然后才能改正；内心困苦，思虑阻塞，然后才能有所作为；这一切表现到脸色上，抒发到言语中，然后才被人了解。在一个国内如果没有坚持法度的世臣和辅佐君主的贤士，在国外如果没有敌对国家和外患，便经常导致灭亡。这就可以说明，忧愁患害可以使人生存，而安逸享乐使人萎靡死亡。

所以能让你成长和改变的经历都是痛苦的。年轻人本应该先苦后甜。

写作对我而言就是一种甜甜的自然喜爱，你问我为什么会喜欢上文字？

那就要不得不感谢那次“不美丽”的意外。

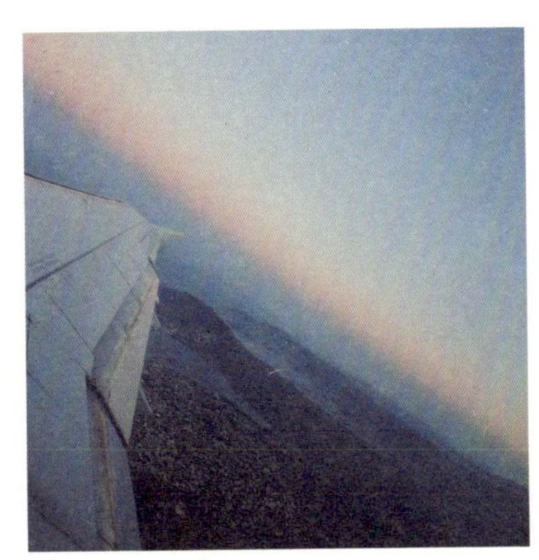

# 不美丽的意外

2010年被邀请去湖南卫视《智勇大冲关》做节目，没来得及和台里申请打报告，那一期被网友恶搞了，我的打底裤被无情的P掉。好事不出门，坏事传千里，就这样我被大波网友高能叫喊“没穿底裤”做节目。顶着网友无情的嚷骂，节目之后我还得承受自己的过失，写检讨、当会批评、被封镜半年。

其实早在之前我的事业也低潮、失落过，2005年中华小姐落选，决赛前大哭一场，但我告诉我自己：要用一种赢的心态去挑战一场注定会输的比赛。（几年之后吴小莉竟然也说了和我同样的话）擦干眼泪，我仍然在舞台上笑得很灿烂，爸妈大老远从老家赶来支持，通知了所有的父老乡亲们看凤凰卫视的全球直播，结果当着大伙的面，我落选了。记得胡一虎对我说：塞翁失马，焉知非福。失落了三个月，我走出了阴霾。不久，便入职广东卫视。感谢广东卫视给我的机会和培养。这一次事件，是我不遵守规则在先，所以我没选择离开而是接受惩罚，但是就在这前后一年的时间里，让我的心安静了许多，为报刊写专栏，把我的爱好捡起，做了一些原来没精力去做的事，尝试了一些不曾接触的事。一张专辑，一部微电影，一部大电影，从幕前也尝试幕后，结果我成为一名策划人。

人的潜能是需要时间和机会挖掘的。

那两年用旅行来疗伤，留下了我的旅行日志。

人生充满无数可能，

别为了一种可能憋死自己。我的无瑕时代

# 城 市 影 像

巴黎 2012年2月2日 多云

上海飞巴黎，整整十三个小时的飞行，这是我有史以来度过的最漫长的一个夜晚。当天边出现一抹暗红时，飞机开始降落，现在就开始了我的欧洲之行。

第一站：巴黎。到巴黎登铁塔就如同到北京爬长城一样，不做这样一个环节，就等同没有做好一个游客的本分，而当你真正近距离欣赏到巴黎铁塔后，才惊觉它除了是整个巴黎的标致性建筑以外，还是个伟大的智慧艺术品，从不同角度，不同时段拍摄到的巴黎铁塔美的都各自不同。

午后阳光明媚时它像个安静的女生，A字形的裙摆，站在那里，不张扬、不奢华，却有种恬静的美。而阳光被云层盖住时，她一秒钟变男生，像是中世纪的骑士，很庄严、很冷峻地守候在塞纳河旁，聆听着、等待着。

塞纳河是法国最大河流之一，在巴黎市区河段长度约20公里。塞纳河横贯巴黎，人们通常把北岸称为“右岸”，把南岸称为“左岸”。现在，“左岸”已经不仅仅是一个地理

名词，而成了艺术青年的标识。

夜幕降临，时针指向8点，它便闪烁起来。巴黎的夜也为此变得妩媚动人。在巴黎铁塔下几乎每天都有男士拿着玫瑰和戒指向心爱的女生求婚，那么巧，我也遇见了这样的幸福时刻。我们来自不同国家，但看到如同电影画面一般的场景，每个路人都会凑上前去一起大喊“KISS！KISS！……”我想如果我是那个女生，绝对不会拒绝吧，这就是法国浪漫之都的魅力所在。

亲爱的“巴黎铁塔”我期待下次来看你时，不要只是我一个人，好吗？

Thira

瑞士苏黎世湖 2012年2月7日 大雪

2012年2月7日，天气晴，大雪，听说这是瑞士十几年来下的最大的一场雪，早晨推开窗户，所有的一切都白雪皑皑，离开酒店后，我们的车开得很慢，一路看着窗外的景色就像童话世界一般，我开始幻想童话世界里的那个我和那个他，耳边响起的是王若琳的《亲密爱人》。

抵达瑞士的首都伯尔尼是早上11点。瑞士人都喜欢开MINI吗？站在街边我数了一数，不下十部，而法国人开的都是两厢的雪佛兰。可能外国人更善于表达，觉得小一点车更适合与亲密爱人在一起吧。

就在这零下二十几度的街，我从街头走到苏黎世湖，整个鼻子冻得通红，不敢搓鼻子，这种冷是小时候常说的“耳朵都要冻掉了的冷”，可我就是倔，就是贪恋那几张漂亮的雪景。走了一圈，收获的景色值得！哼，人生能有几回冻？

上车后一路往意大利的方向，穿过连绵起伏的阿尔卑斯山脉来到了世界第一张邮票的发源地VADUZ，这是一个只需十分钟便可走完的小国家，觉得不可思议，这样我又算游离了一个国家了吗？

# 威尼斯的变奏曲

回忆着朱自清的《威尼斯商人》，我来慢慢靠近这个梦幻岛国。

这是我欧洲一行最期待的地方，他有多美丽？多浪漫？我想象不出来，些许兴奋涌上心头。

威尼斯建在100多个小岛上，拥有大约150条运河。最有名的就是“大运河”，它位于市区，也是游客最多的地方，并发挥“大街”的功能。这条运河在构成这个历史上的市中心的六个行政区间蜿蜒穿流，最后流入威尼斯湖。

当我坐渡轮登岸时，有种莫名的满足感：“威尼斯，我来了！”行政区之一的圣马可是威尼斯主要旅游景点的中心，包括圣马可大教堂。这座雄伟的大教堂有五道大拱门和数座壮观的洋葱形圆顶。教堂用很贵重的珠宝装饰，其中许多是在中世纪威尼斯称霸海权时从其他国家掠夺来的。只是，当天我去看它时被狠狠地遮住了，原因很简单，是想以后让更多人领略到这夺来的美！

我当然不能放过这机会，开始“臭美”起来。

像朱先生所说，这里没有汽车，要到那儿，不是搭小火轮，便是雇“刚朵拉”（Gondola）。“刚朵拉”，是一种摇橹的小船，威尼斯所特有，它哪儿都去。只是当我坐在那小船上游走在狭窄的水道时，并不是脑海里想象的画面，可能我们的船夫他没有唱《夜曲》？可能没有出现歌女？可能没有爵士乐？也可能天空还没有泛玫瑰红？总之，差那么一点儿。我停顿了片刻，还魂之后赶紧又“咔嚓”起来。15分钟我又回到了上船的地方，下船匆忙给完小费，也没时间留恋，因为还有很多游客在排队呢，我不能坏了人家的生意啊。原谅我，又回到了现实。

都说威尼斯的玻璃制造业闻名遐迩，罗浮宫的水晶灯都是当时贵族花重金在这定制的。我得以参观足矣，可没舍得买，现在想想有些后悔。

在威尼斯停留了一下午，四处走走看看，我没有喝那昂贵的咖啡，最后选择坐在岸边的石梯上看夕阳西下，听着海水拍打着岸边，“刚朵拉”在摇摆，很有节奏。眼前金红色的云彩和夕阳混成一片，有种昏昏欲醉的感觉，也许朱先生不曾想到如今威尼斯的模样，可每年的“面具节”都能让威尼斯商人赚上一笔，也许《夜曲》已不是威尼斯最好听的旋律。也许歌女们只是戴上了面具而已，可在2012年的2月12日我在威尼斯，离1932年7月13日有些远。

我们总不能逃避现实，旅游回来收拾心情，坦诚地面对生活。

# 我 的白皮书

在这被处分的大半年里，我总不太敢去回望和触碰我的心灵，因为怕会有太多的泪水，五味杂陈，直到现在提起仍会隐隐作痛。从做检讨时的不服气到逃避到反思再到平静和理性地面对，心理的变化就像在坐过山车一样，这也许就是成长过程中的荆棘。

若再给我一次机会，我绝不会去触犯违反原则的事情，正所谓“无规矩不成方圆”，但当时心理难以接受公众检讨的方式，可错就是错，应该勇于承认和面对。做完检讨后，我曾出现有轻度抑郁症状：不想出门、不想吃东西、不想见陌生人，特别是回台看见同事站在舞台上做节目我却站在一旁有力使不上的感受真是不好受，曾经也一度想放弃，但在亲人和朋友的帮助下我慢慢放下心理包袱。我明白，我需要新鲜的阳光和空气，于是决定给自己的心情放个假出国走走，同时带了一本心理辅导书《好好爱自己》。在国外的这段时间我增长了见闻，调整好了心情，回来后投入到领导安排的新岗位。在这期间我感受到同事之间真挚的友情和领导的关心，重新找到了电视台大家庭的温暖，也感到能为台的发展尽自己的绵薄之力，是幸福和有成就感的。

在工作之余，我安下心提起笔写了《闲暇时光》，这是无意的发现，写作让我收获了满足感和快乐。我想在以后的专栏里通过文字的表达更好地推广台的主持人和栏目。毕业于星海音乐学院的我最初的梦想是当一名歌手，但自从加入广东电视台这个大家庭后，我就把唱歌转变成了爱好，有空就去录歌，然后出版。对于唱歌我没有奢望，只是想陶冶情操，提高自己的综合素质罢了。

这半年的生活有喜怒哀乐有得到有失去，难得的是收获了一颗比以往安静的心。人生总有高低起伏有顺境逆境，有失败亦有成功，有错改之继续奋发向前是我所坚持的。我会尽量让自己微笑，虽然微笑只是一种表情并不能代表内心真正的快乐，每一天我都会给自己补充正能量扫去心里的阴霾，让阳光洋溢在脸上，让微笑发自内心的挂在嘴角，生活本应该像太阳花一般朝着太阳的方向生长。

都说心在哪里，哪里就是天堂。我的心在舞台，希望能尽快回到那个春暖花开的地方。

呵呵，一切就这么过去了，但在我心里种下了一颗种子，TA在慢慢发芽，我看到了希望。

# 机　会

都在说没机会，可是机会来了你能把握住吗？很多人看不到老天给你的机会，拼命去追逐机会，劳民伤财不说，时间更不等人。人生就像玩股票，几起几落，机会就在底部，敢满仓的就有机会翻牌。人生就算在低谷时也有机会，那是给你用来重新作出选择。给你一点停顿的时间去考虑下一步的路，若一直不停地走总会累的，累的时候就应该歇息，喝口水补充一下能量，看看身边的美景。

多少人在监狱里完成了醒世惊人的巨作……

对于我来说没机会做歌手的同时，让我有机会做了主持人；曾被刘德华婉言拒绝，也被唱片公司拒之门外，还差点被骗……上帝就像个淘气的小孩儿，在你关上门之前，也会给你打开一扇窗。

^_^

# 快乐　随心

我是一个乐天行动派，有的事情你不去体验怎么会知道真实的感觉，趁着年轻赶紧吧，别总是在纸上谈兵，说好一起去旅行，重要的不是去哪，重要的是去啊。

快乐是与生俱来也可以后天修炼的，那些不快乐都是自找的，爱情要随遇而安，不强求。工作要尽力而为，不勉强。朋友要有所取舍，不在多。生活要随心所欲，平淡是真。婚姻要包容，用心经营。

有几个好朋友能成为你的垃圾桶，用自己的兴趣爱好来调剂工作带来的压力，尝试一些自己不自信的事情，让自己的内心越来越强大，正能量越来越多。让快乐每天叫醒你起床，爱自己多一些，你就会越来越快乐，不要抵触烦恼，因为烦恼也是快乐的前奏。

人就是如此：当欲望得不到满足时，会痛苦；当欲望得到满足时，会无聊。已经拥有的东西往往不知道珍惜，没有得到的东西却总在追求。就是在这样的反复人生经历中，举目笑看花开花落，当对镜发现一缕青白，才知在不知不觉中，从身边悄然而去的岁月，和岁月留下的那抹惆怅。你也许会不甘心，你要见证你的生命的力量，所以你不断地追求，不断地求索，你为名、为利、为爱，在人生的舞台上不停地旋转着，永不停歇。所以你失去了很多看风景的机会，浪费了很多看风景的心情。你追求的只是一个结果，却忘了要享受过程。当你再次看到眼角的鱼尾纹时，才把自己瑟缩在角落里，开始回味，开始琢磨，开始品啜那份孤独。因为你的满足，你失去了很多个机会；因为你的不满足，你又缺少了生活中的浪漫。生活真的是难以琢磨，变幻莫测。它给每个人出了一张心情试卷，也为每个人准备了不同的答案，活得洒脱，活得真诚，活得随意，活得热情的人就活得精彩；刻意追求的人，倦怠了生命的人，只注重结果的人，不择手段的人就活得疲惫。

我们每天都在通往死亡的路上，距离或长或短。既然每个人的开始与结束都已经有定数，没理由不更好地活着。

老天爷很公平。

我的寻求快乐方式的其中一种就是和他玩耍。

# 暗恋

我有一个新认识的朋友，说刚认识，不如说是我们终于相认了，其实他一直陪着我，但我之前却对他无动于衷。他姓文，文章的弟弟——文字。

是不是听了一个很冷的笑话?

夜深人静，回到家褪去防线，冲个凉，敷上面膜，享受和他玩游戏的快感。

原来孤独的感觉一下子又感觉充实了，原来害怕回家的那种无聊的感觉，有了他也觉得有话聊了。火热时我们说着、笑着，像极了情侣，不过有时我们也会冷战，陷入沉思，音乐在耳边吹着气，依然是那首单曲循环，王若琳的《亲密爱人》：

今夜还吹着风，想起你好温柔……

# 泡面

咕噜咕噜，沸点不需要太高，97°就好，双手用力扯开包装，挤出金黄色的面饼，放入锅中，自然散开，面香会扑鼻而来，虽然它不如自己做的菜饭那么健康，但请不要看不起泡面，至少它也算和方便、美味挂钩。

我基本上每个月都会吃一包泡面，有的时候家里断货还会特别想念。当然我对泡面也是挑剔的，只爱印尼的一种捞面，而且里面必须加上鸡蛋和台湾猪肉松和紫菜，哇！就像我现在一样，边写边吃。凡是吃过我做过的都赞不绝口。

其实很多东西的价格，并不代表它在你心中的价值，一包一块多的泡面已经可以给我幸福的感觉，体验和享受一样，过程最怕无感，有时候吃很多东西都没那种感觉，说到厨艺还真是自学成才，不说有米其林三星水平，但招待十几位客人还是够发挥的，但一旦发挥完起码休息三个月。外婆做菜饭从来实在，就是菜和肉没有调料，妈妈做菜能煮就不炒，倒是四婶的菜够味道，有一年她来照顾我，我一个月胖了好几斤。爸爸做的辣子鸡好吃，但估计想再吃很难。

我从大学开始在外打拼，本来就很少有机会能吃上一口住家饭，所以天真的觉得，能为我做饭的男人就是好男人，可以嫁给他，后来明白不是每个男人做的饭菜你都喜爱。也许有时候为你煮了一碗简单泡面的男人，你也就这么心甘情愿地嫁了。

吃和爱也可以相提并论，都是生活中不可或缺的，所谓的臭味相投，最初的意思也就是：起码要吃到一起去啊！吃着吃着就爱了。

要追女生先要从约吃饭开始，看准时机成熟给她煮一碗热气腾腾的泡面，对了最好再煎上一块软嫩适中的溏心蛋铺在上面，估计她爱你的喜悦感，都随着蛋汁能从嘴角缝里溜出来，若不爱你就别浪费时间去做大鱼大肉来一讨芳心，找一个愿意和你一起吃泡面都觉得幸福的女生吧。

# 瑜伽

懒病犯了，昨晚在约了好多次朋友，让她陪我做瑜伽之后，终于我还是被放飞机了。其实为什么不一个人去呢？说起来也简单，理由是“不习惯一个人，害怕孤单”，原来怕黑不敢一个人睡，我总是嘲笑我自己，说找男朋友的最大原因就是让他来“陪睡”的。

瑜伽课进行时，打开胸腔去放松呼吸，把气息吐出来，课室里发出一阵“牛吼”。一组组的奇形怪状的动作把身体拧巴在一起又极度拉开，有一种自虐的感觉，但很奇怪，这一次我并没那么不适的感觉。反而在触及我身体底线的那组动作做完之后，下意识地泪涌，眼泪是热的。有喜悦、有悲痛，我扫了一眼其他人，感觉有人也在偷偷地看我。

我相信人是会改变的了，没有你一直不喜欢或是不愿意去做的事情，只是时间没到而已。当有一天灵魂在召唤你了，你就会奋不顾身。

原来的我不喜欢看书，不喜欢写字，不喜欢一个人，怕黑。

可是现在这些“不”已然“调味”，发现……

人是会变的。

# 呐喊

∵∴

无数次在雨夜一个人开车回家，看着雨点在车窗上画着圈，有大的圈和小的圈，有的刚落在玻璃上就那么不好彩被雨刮器无情地推去。还有好多次一个人在车里放声大哭，为工作？为爱情？傻傻分不清楚。只是哭完了会释然许多，现在想想也记不清到底是为了什么……无数次因为找不到你在哪而没有安全感，失声痛哭完骂完自己之后也就无力地睡去，这些就是成长。

内心的呐喊总比喊出声的要来得强悍许多。

# 喃喃

读书考试不好，爸妈说道，但那不会痛，顶多是难过一阵。但在爱里受伤就不是一阵，也许会是一辈子。不是悲观主义，一辈子也不算什么，谁都有一辈子。就像一朝被蛇咬，十年怕井绳一样。我想说的是，就算被咬也要前行，就算伤痛也要勇敢。因为只有这样你才能获得改变了自己的成就感。

面对这样的世界，我们的选择只能是变得强大或是更强大，女汉子都是被逼的。

小时候爸妈保护着我们，长大了我们保护着爸妈。世界总在颠来倒去地强调某种规律，而我们在规律中被成长，若规律不会改变，我们可以选择变被动到主动。若规律被改变，我们将停留在那个单纯的年代。

交织的情感如歌，落日的云彩如画，我只是安静地看着书，抬头便已是这样的夕阳——致·芭提雅夕阳。

最美的风景就是我看着你，而你也正巧看着我。

一个人不要怕，学会在爱里行走。

生活中有时要甘心做个配角。

愿月光洒在爱我和我爱的人脸上，让快乐去亲吻她/他的额头。任何选择都是舍与得的较量，把不开心的事情都埋葬，让负能量走吧。

寂寞，是一种无言的气质，一种心智的历练，一种绝美的心境。甘于寂寞，以平凡的姿态守住心底的沉香，心生欢喜。

随着慢慢成长，越来越多的词变成中性词。比如：失恋，结婚，炒鱿鱼，抛弃等等。

伤痛是成长的代价，也是勇敢的催化剂。有人在伤痛中变得颓废，而我的选择是变得安静仁慈和坚强。

有些事情的解决方式很简单就是：简单粗暴，不要搞什么冷战，玩什么心计。累，越近的关系越应该这样。

我们应该先接受命运，才能改变命运。

眼泪说淡一点是心情，说浓一点是透明的血，没有谁比谁幸福，只是谁比谁更珍惜，知足活着就是生活，不知足生活也就是活着。

人生就像一场旅行，不必在乎目的地，在乎的，是沿途的风景，以及看风景的心情。暮暮朝朝又一载，每个人都是匆匆的行者。人生在世，各有各的生存状态，各有各的心路历程，也各有各的价值观念，这都是不能强求的。在物欲横流的今天，如果一个人懂得调适自我，对物欲的追求少一点，对精神的追求多一点，多一份闲云野鹤的惬意心境，少一点尘世的俗累烦心。那么就可以从容地欣赏沿途的景色。

珍惜眼前的一切，开开心心过好每一天。让自己多点开心，也不枉来人世间旅行一趟。是的，人生就是一次旅行，重要的不是结果，而是沿途的风景及看风景的心情。佛说：人生就是苦，因此这是一条苦难的河。儒说：人生一世，唯建功立业，光宗耀祖，因此这是一条淘金的河。道说：人生如梦无有无不有，无为无不为，因此这是一条睡眠之河。

安静时有一股来自你内心的力量。定生慧就是这个道理。原来总是急躁不安，现在也不会了。内心安静比什么都快乐。

# 出轨

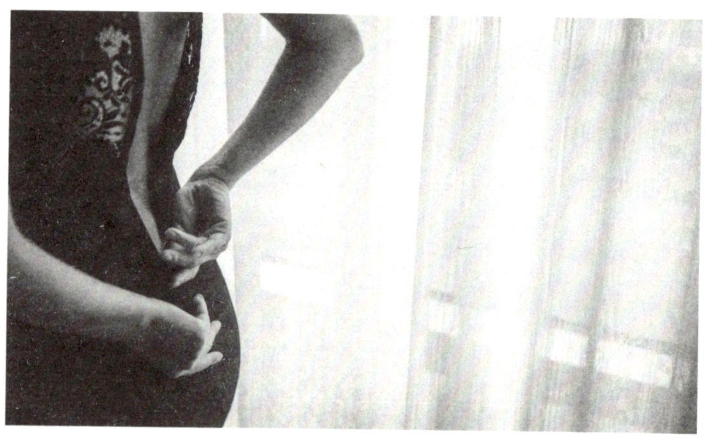

♂ ♀

赖床是一件很浪费精力的事情，睡不着还做不了什么事情，有时还会胡思乱想，可是人生就是这么戏剧化，万万没想到的事情也发生了，爸爸出轨，爸爸出轨？爸爸出轨！从精神上到肉体上。作为女儿和女人，毫无疑问我是站在妈妈这一边，所谓可恨必然可怜，感觉爸爸可怜的，同时也觉得他错得很离谱，很愚钝。

谁都希望自己的爱是完整的，可世事难料；什么海枯石烂？什么永不分离？那是童话。我不是诅咒爱情，只是觉得当今的爱情的表现方式未必只有一种传统地在一起而已。在一起的理由很简单因为爱情，可分开的理由却那么多。也许分开并不是我们所想所愿；也许分开也是另一种幸福。我不担心我们分开会活得不够精彩，而是担心不能给予孩子完整的父母之爱。自古以来歌颂母亲的诗歌与散文有太多“慈母手中线，游子身上衣，行时密密缝，唯恐迟迟归”。若母爱像山涧清泉，甘洌绵甜；那么父爱就如大山般，厚重沉实；若母爱如大地般让我们有家的感觉，那么父爱就像天空般让我们展翅翱翔。缺了谁都不那么完美，其实在娱乐圈中也有不少明星出自单亲家庭的。比如：

孙俪：父母离异后，孙俪跟着母亲过了七年居无定所的生活。

刘若英：跟着婆婆长大的。因为父亲跑船，她要见父亲一面都要等好久，因此也培养了她开朗、独立的性格。

范晓萱：单亲家庭中长大的她虽然独立，但最后还是选择了最叛逆的方式来掩饰和保护自己。

梁朝伟：从小生活在单亲家庭，有些自闭自卑。

张曼玉：很小父母就离异了，她被判给母亲，因为张曼玉不能接受父母的分开，从此和父亲很少来往，长大后，她也很少提到她的父亲。

周星驰：父母离婚的时候他仅有7岁。父母分居后，他和姐妹分别被寄养在阿姨、婆婆家，小时候生活过得异常穷困，求学时被人取笑没有爸爸而常与人打架。在新加坡过了10年寄人篱下的生活，曾穷到3天3夜没有吃饭。

而我是不是也要步入他们的行列？我总觉得自己是幸运的，后来发现原来幸运和幸福是两码事。

2015那个年也没过好，整天陷在这件事情的阴影里，妈妈瘦了十斤。我狠狠地骂了那个第三者，爸爸差点冲上来打我，说要和我断绝父女关系，我不是气愤而是感到他很可怜。是什么力量让他对女儿这样？原来我们家庭是那么和睦，难道爸爸一直在演戏？演一个作为父亲的角色？我给他们写了一封信……带他们去寺庙祈福，求来了平安符。

我害怕所以我想去掌控，但是好像握紧拳头里的沙子，越是想握紧越是握不住。太多的细节我不愿意提起，只是在梦里时常哭醒。爸爸去哪了？儿时骑在爸爸肩膀上的画面慢慢变成了一个他孤单离去的背影。翻开原来我们一家人去旅游的照片，画面犹在，可那美好，难道真的只停留在那一刻了吗？好像什么都回不去了。原来爸爸出轨远比男朋友出轨要来得刺痛。我只想说，妈妈一定要释然，放下一段本想着“执子之手，与子偕老”的感情。

与你偕老的至少还有我。妈妈，加油！

出这事情之前我还给杂志写过不少情感专栏，可是遇到之后也是纠结，不强求的我，虽然生气、无助，但也能换个角度思考，愿爸爸妈妈都能找到各自的幸福。呵呵，我的心是不是很大呢？

# 爱情36计——以退为进

有时候“解释”并不是高招，“沉默”算中策，真正的上策是“以退为进”，在爱情中如是说。

一段感情中两个人就像坐在天平上，想要两人保持绝对平衡似乎难以做到，总有一方会主动一点，总有一个投入的多一分，总有一方会更受伤一些。

常常听到姐妹的抱怨说男友不那么爱她了，患得患失的样子让我心疼。在爱情的天平里我们都有两种砝码，一种是“爱对方”，另一种是“爱自己”。你想让天平尽量平衡的方法就是：你加上“爱对方”砝码时不要忘了把“爱自己”的砝码加上。两人若都能这么做的话我想这段感情会更长久更幸福。

80后的独生子女从小就是被宠着长大的，在“被爱”中成长往往忘记了我们还有自爱和爱别人的能力。我其实并不赞成女人去当什么“女侠”。女人本就应该在男人的呵护下成长，但如今的社会不一样啦，好男人越来越少基本都快成濒临绝种动物了。是个单身，条件还可以的男人周边都一大堆的花花草草。我原来还真不相信，现在是不信都不行啊。迫于竞争压力，我怕姐妹们把男人都宠坏了，长此以往姐妹难安！所以在爱情中我并不赞成女生太宠爱男生，或者公平一点，谁也别宠谁，除非你是流氓，是不以结婚为目的的爱情骗子，想玩玩而已；若不是，请好好爱自己和爱对方，平淡是真，细水长流。

在碰上感情危机时也不要乱了步伐，永远要保持清醒的头脑，问自己要想得到什么，再去想怎么做。出现矛盾时一味地解释有时只会让对方更难以接受，沉默不语也只能缓和一段时间，以退为进的意思就是让我们重新审视一下我们自己和对方，平静一下换来的可能是双方的谅解，既然是爱就不用怕，真爱是不会离开的。与其把时间花费在冷战或唇枪舌剑上不如出去走走？看本书或听首歌？和朋友逛街吃饭打几圈麻将什么的。切记不可咄咄逼人！正所谓：“进一步山穷水尽，退一步海阔天空”。

今天教大家的就是爱情三十六计中其中一计——以退为进。

祝大家爱得幸福、爱得豁达！

# 志明与春娇

之前看过这部电影，相信很多人都观赏了。电影中的角色在我们身上都能找到影子，只是，你会是谁?

“一生恋爱，难免遇上人渣。”这句台词是我印象最深刻的。只是当你遇上“人渣”之后你会怎么办?

我们不妨做个选择题：

A. 把他大骂一通，果断分手

B. 采取报复手段，让他也不好过

C. 还是继续爱他，让他感动

D. 什么也不说，消失。

想3秒，请选择！

选 A 的朋友 一定在恋爱上没遇过什么挫折，不太懂得珍惜，往往会错过一些人或事，也许你还会过高的评价自己。建议多看看对方的好，谁都不是完美的。

选 B 的朋友 自然是心理不平衡，在恋爱中太计较得失，往往对待爱情抓得太紧，反而物极必反，伤人伤己，建议找回平衡，给自己多些时间，也给对方一些空间，好好爱自己。

选 C 的朋友 内心相对坚强，这种付出，若你并不在乎结果的就不是问题。记得一句话：假如付出是苦，你的爱便剩下苦；假如付出是福，那么你的爱便很幸福。

选 D 的朋友 喜欢逃避现实，这是很多人会犯的错误，在没有办法解决一件事情的时候请大家记住，放弃永远是消极的态度，我们没有能力去改变过去，慢慢地接受才能“放下”，但“放下”谈何容易？与其不能马上“放下”，又不能“放弃”的时候，那请先将其“放好”泰然处之，做好需要做的事，时间一定是最好的良药。

也许很多朋友看完这几个选项都没找到答案，这也很正常，我只是写了几个常态的答案而已，请大家切勿纠结。每个人的选择，都代表其内心的想法，会折射出其性格缺陷。在这我也是做个善意的提醒。

最终电影的结局春娇还是原谅了“人渣”志明，但他们会幸福一辈子吗？难说，我还有续集呢，万事皆有可能啊！把握好今天，活在当下，爱在当下吧！

# 好好爱自己

爱别人先要懂得爱自己，有时候人就是这么“犯贱”，自己都爱不好了，还要去爱别人，终究有可能造成事与愿违。

没什么比好好爱自己更重要，这不是自私。

好好爱自己让自己更懂自己，不要被外界的浮躁，虚荣，恩怨，金钱……一切的一切打乱了自己的步伐。

好好爱自己让自己的内心强大、宽容，这样才会幸福。

每当我失恋或与恋人吵架难过的时候，我便会让自己安静下来，学习慢慢和内心的那个我“交流”。这是一种自我解压的方法。步骤很简单：

第一步：全身放松，闭眼，开始深呼吸。

第二步：开始向内心那个“我”诉说或发问。

第三步：便可以听到内心的那个真实的声音了。

大家不妨试试，去发现那个“我”，好好爱自己的身体和灵魂吧，就算在难过、委屈、烦躁……再大的风浪也有“我”陪着你。

会好好爱自己的人有自己独立的人格和魅力。灵魂依附在别人身上的人早晚会失去平衡，失去的不只是自己的灵魂，还有你的姿态和色彩。

# 花花公子

有钱，人帅，浪漫的谁不喜欢?

若你不求他独爱你一人，倒也安稳。

皇帝便是最有情有义的花花公子，三宫六院，七十二嫔妃。最害怕错爱上个无情无义的花花公子，该如何是好?再倒霉一点，不但无情无义还花你的，吃你的又该怎么办?

谁叫女人天生是爱被宠着、爱浪漫、爱做梦的呢？花花公子便能满足你所有的愿望。只是花花公子这股票应该长期持有还是短时享用，抑或见好就收呢?

热恋中的女人等同于美丽的猪（智商堪忧啊），只能眼睁睁看着这股票涨跌不定，自己更是举棋不定了吧？没遇上花花公子的女生，不知道是该祝福你呢，还是替你不值？就像从小到大没收到过情书的女生或结婚前的老公没像电影里那样单膝跪地拿着玫瑰求婚的，或不懂浪漫是什么的？这是一种遗憾。

没听过甜言蜜语的人，很安全的结婚生子，可会不会又太过平淡了些呢？风平浪静是一种感受，波涛汹涌便会更快使人懂得体会人生百味。

就当花花公子是眼前别样风景，感受其中便是。只有欣赏过不同风景的你才会更加明白自己的心和想要些什么。

只是提醒大家，既然明知道他是花花公子就不要想着有朝一日他会专情于你，人是有习惯的。他从小就爱吃肉总不能为了你吃素吧？就是那么简单，要想他吃素也有办法，让他没钱买肉便是。只是他若真没钱了，你还会爱他吗？

纠结于此，不如简单些把他当作朋友更好，保有自己的底线。男人可以把女人当玩物，女人为何不可反之？这就是爸妈常常说的女人也要自立自强，不依附于谁，那就无欲则刚了。

“无欲则刚”遇见一个花花公子又何妨？

# 简单女人

我有一首歌也叫简单女人，说的就是女人不要太刚强，生活不要太复杂。只是现在男女平等，女人要背负的责任不比男人少，更是有些女人生活得比男人还强悍。是男人的悲哀，还是女人的无奈？我们都不想生活得无谓、无趣、无爱像个木头人吧？只有当你内心富足时，便会愿意把内心柔软的时光流淌在每一寸走过的土地上。

前段时间正好碰上周慧敏——这个不老的传说！暂不说她皮肤多白皙、多光洁、多有弹性，身材多苗条，气质多优雅什么的。给我印象深刻的是：她看我的眼神，很清澈，通透得丝毫没有杂质，就像我的名字那样“无瑕”，言谈举止很自然。眼睛是心灵的窗户，当我们眼神交流时，我从她的窗户里看到的是一片海，蔚蓝的大海，偶有海鸥飞过，偶有浪花一朵朵，感觉包容且安静。

浮躁的社会，让自己安静下来有点难。古时候的上等女人要学习“琴棋书画”，而现在我们遗失得太多。有时间能看看书、写写字、养养花、弹弹琴的又有几位？有太多的欲望便很难养“心”。养“心”像养花一般，需要时间和养分。“心”养好了才能开花，要不就会枯萎得像树枝一样，失去那份柔软的美丽。

愿姑娘们的心中各个都能开出美丽且柔软的小花。

# 骗术

常在江湖走，哪个不被骗？谁愿意说谎？谁愿意被骗？

可偏偏我们每天都在说谎，无时无刻地不在骗与被骗。

“骗术”是门技术活儿。

人与人之间假若没有了“善意的谎言”，估计都活不下去了。有时候不得不说“谎言”是有好处的，尤其在当下的社会。

你骗骗我，我忽悠忽悠你，发白日梦的时候再自己骗自己。

最重要的是，你若骗的人开心，不损他人又利了己，倒也无妨，就怕损人不利己，我看这骗术还得回家练练。

∮

“骗术”现已成为一种实用的交际方式。

骗来骗去，骗自己。

如何看待这门社会关系学？

我不得不说，小时候的我们多天真无邪？所谓“童言无忌”。我们表达的直白，常常变成大人们的笑柄，可长大成人后还能这般直白吗？再这样只能被人说成“没大脑”或“缺心眼”人越多的地方，骗局越多，怎么办？凉拌！身处于社会大染缸，别人要怎么对待你，你无法控制。我们唯一能做的就是不要自己骗自己，然后尽量少骗人。世上只有一种人可以做到不说谎，就是——哑巴。

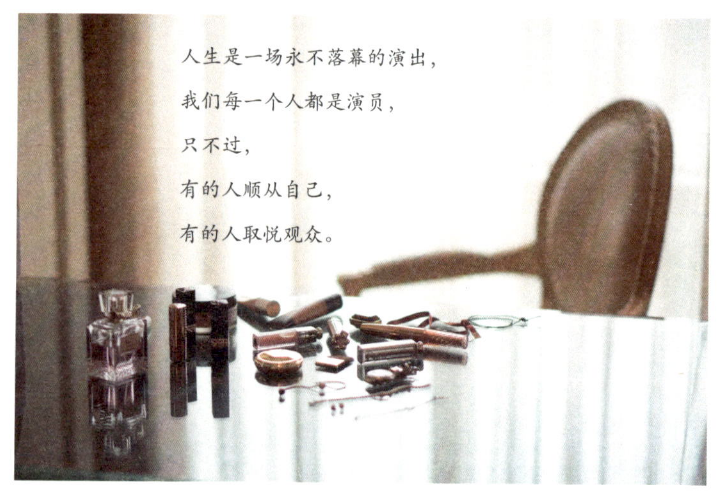


和领导之间：骗不过就别骗，别把领导当傻瓜。

和同事之间：小骗怡情，大骗伤神。

和朋友之间：能不骗就不骗。

和爱人之间：骗得她（他）开心你就继续骗，有本事就别停下。

和家人之间：不是万不得已，没有骗的必要。

最后，骗谁都骗不了自己。或者说，骗来骗去都是自欺欺人。

# 亲，今天暧昧了吗

亲，今天你暧昧了吗？每天暧昧一点有助于身心健康；每天暧昧一点有助于工作效率的提高；每天暧昧一点有助于拉近彼此的距离。暧昧，是异性之间的，也适用于同性；暧昧，不光适用于恋爱，照样适用在职场。但任何事情都要HOLD得住，别掉入"暧昧"的陷阱，无法自拔；又或者让"暧昧"毁了美满的婚姻生活。

在我看来，"暧昧"更像是现代社会的一种交际方式。从出现淘宝体"亲"之前，在我的工作环境下似乎每天都会说很多句"亲"或"亲爱的"。也许我们很熟，也许我们刚认识，也许是种习惯，也许在我们看来是那只是一种称谓和礼貌。就像在西方社会里每个人都很有礼貌，一个微笑，一句话，一个眼神，都透露着那么一点暧昧。

"暧昧"的目的何在？若是善意的，在无伤大雅的情况下让我们的距离拉近了，事半功倍何乐而不为？但若是目的不纯的，害人害己，不可为之。

# 遇见“出轨”

×

封建社会男尊女卑是“一夫多妻”制，如今男女平等是“一夫一妻”制。很多男同胞估计都在肚子里大骂，为什么要有这制度？旧时，男人可以一妻几妾，女人只有三从四德。女人一旦有个什么红杏出墙的事儿被外人知道了的话，那可会闹得满城风雨，还被外人骂得难听，“不守妇道”“搞破鞋”，顶不住的非寻了短见不可。而今，男人被约束了，女人也进步了，可是否相处为安了呢？非也，看来不是制度或时代的问题。无情的动车都会出轨，何况有情的人呢？我倒不是鼓吹“出轨”，但是，人非圣贤，孰能无过？只是遇到“出轨”你会怎样？

遇见“出轨”怎么办？

没结婚的我们暂且不理会，因为变数太大，大家都还没上轨道，谈不上“出轨”。

当我们步入婚姻殿堂的那一刻，便上了轨道。

我不认为“出轨”是爱情的润滑剂，更能保证爱情长久，但任何事情都有它的两面性，“出轨”唯一的好处就是提醒你：爱情列车出现了故障！请注意行驶，如此而已，享受完毕后，请注意您的终点站，不要偏离轨道。

面对“出轨”，你的解决方式和态度很关键。有人怨天尤人，不服输，这样活得太累。有人自行萎谢像张爱玲那样，这样活着太苦。有人假装看不见，这样太麻木。有人干脆选择各自精彩，那这样就太不负责任了。既然感情出现危机，就要选择解决的办法，你可以选择各自冷静先思考；两人外出旅行，修复感情；给她（他）写一封家书，把一些开不了口的话写出来；想大骂对方也行，但切记，骂完就算了可不能再提，既然已经有裂痕，就不能让裂痕越来越大，如何修复全凭技巧。

为了爱，沉默是美德。沉默不是不知不晓，而是想明白后的释然。生活是会善待每一个宽容有爱的人。

人贵自律，无论男女，对自己都要有约束。爱情之所以可贵，就是因为它是有约束的。无约束，无底线，爱情就失去了它原有的意义。

希望下一个转角，你还能遇见“爱”。

爱情是什么？

爱是爱，情是情。但往往都被人混淆了概念。

爱首先要从感情出发，爱是由感情转变成为更大力量的一种能量。

感情是爱的第一步，但最后一步未必是爱。

感情往往是脆弱的，会有太多的欲望和心隐，而非圣人的我们就常常被困其中无法自拔。我承认我也被困多次，在其中我们经历、成长、感悟。

慢慢地当我们能找到一种正确有效处理感情的方法时，我相信就这样走下去，我们的爱情便能开花结果。

# 你是大餐，何必去做甜点

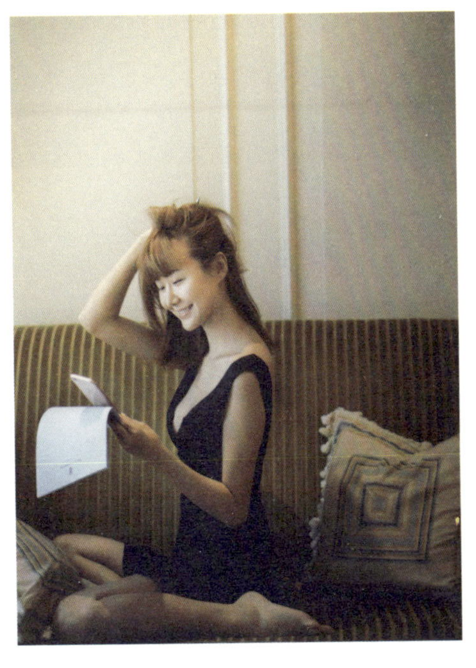

男人有三不原则：不拒绝！不主动！不负责！有的更是大张旗鼓地说已有老婆和小孩，但还是出去玩。至于女生应该如何对待？你遇见这样的情况会想怎么样？那就看着办吧。

前段时间和几个男性朋友闲聊，问了些敏感话题，有问有答，请大家自觉分析。

吴瑕：你们觉得结婚和没结婚会有什么区别？

男生：最大区别就是觉得更爱老婆了。

吴瑕：为什么？

男生：很老实告诉你，特别是比较过之后。

吴瑕：比较过之后，会内疚吗？

男生：当然会，所以一般当一个男生莫名其妙对另一半好的时候，要小心提防，必要时应该警告一下。

吴瑕：内疚为什么防范？

男生：其实男人真的是下半身思考的，有些时候他不需要爱只需要做而已。

吴瑕：你们从不拒绝？

男生：为什么要拒绝？也许是她有需要呢？大家不都是玩玩而已啊？

吴瑕：你们难道不会付出真感情？

男生：也许一瞬间会有，但想着老婆还在家里等，孩子那么可爱，就没继续的可能了。

△◎☆▽

谁对谁错？没有绝对！但作为聪明的女生，一定要有防范意识，没有无端端的爱，不要掉入了“暧昧”陷阱，以为他会给你真感情，那就太傻，太天真了！记住：有钱男人基本是多数人的，帅哥是拿来偶尔调戏的，贱男是拿来取乐的，也许只有经济适用男可以考虑做老公。

女生们，学会掌握自己的爱情吧。明明你是大餐，为什么要当别人的甜点？

## 五品 女生

有人说爱情就像放风筝，可是能牵住一辈子的越来越少。

原来总是指望在“风筝”上，可现在越来越觉得是“牵”着的那个人更重要。

时代在发展，男人难做的同时女人何尝不难当？但我们不可以推卸任何责任，除非你可以穿越时空回到“裹小脚”“大门不出二门不迈”“绣荷包”的古代。否则，我们只能接受现实。

我们需要的不仅是改变而且是不停地改变，为爱情、为自己。

如何做个有品位的女生？

品位是种生活态度，它与物质没有必然的联系。简单地说，品位=品貌+品格+品质+品味+品牌。

品貌：毫无疑问就是最外在的东西，长相。三分长相七分打扮，简约不简单，精致不精贵，细节上的干净清爽。

品格：性格与风格。品貌是外在美，品格就是内在美，性格有遗传有后天修养的。最独特的风格就是“做你自己”。

品质：除了附属在你身上的衣帽鞋袜的品质外，更重要的是生活品质，你始终在用各种养料充实自己。看书、画画、弹琴、写字等等，这和学历文凭没多大关系。

品味：做名词是格调和趣味的意思；做动词解释为“品味生活”。更多时候可以把物质消费转化成精神享受。它更是一种生活态度。

品牌：不是名牌与名牌的叠加，你真正的品牌就是你自己。才华能力、待人接物、乐观豁达、勇敢坚强、善良谦逊，甚至是你的一颦一笑。

一个有品位的女人必定是口碑好的“品牌”，而且“只此一家，别无分店”。你若能做到这“五品”好女子，哪个男子会不动心呢？

# 怎能让欲望胡作非为

想起范晓萱的那首《消失》，“我想找个安静的地方躲起来，没有烟味，没有是非，没有肥皂剧里的对白”……

找个安静的地方躲起来，这个地方就是家。距离上一次写东西已经有好长一段时间了，不是懒而是有点乱。

忙了一整天，和朋友吃饭喝咖啡，跑银行，开会，见客户，再和团队的人吃饭，回家路上去加油再买水果，挑了一把康乃馨。到家，把心爱的酒搬进酒柜，再把前几天演出的衣服和行李收拾一下，洗洗澡，抹抹脸，选选明天的衣服，拿起手机靠在枕头上深深地长叹一口气，时间停止在一点零七分。

想，现在给我一个帅哥脱了衣服走在我面前，我也应该只是强睁着眼看看吞吞口水的事。最希望他帮我做的就是倒杯水放在床头。这些天都是这种节奏，我有些焦虑，需要一根烟来冷静。

帅哥并不是重点，重点是我的生活不想是这般流水账。我该怎么讨好自己?

忙是因为有欲望，毁掉自己的永远是自己。

为什么要写作?因为它可以帮我打败许多无味的欲望，包括可以少买许多淘宝垃圾货，做一些无谓的事情，应酬一些人或事情。让我的短暂失忆症可以有一些记录，哪怕白发苍苍也可以坐着摇椅慢慢聊。

欲望是魔鬼，面对它，我也不能不理会，有时我们也会暧昧。因为它变幻无穷，名利，美食，美色。总是那么简单又让我难以抗拒。有时也被它打败，才有了生活里的一地鸡毛，让我难堪和尴尬。

好吧，每天讨好自己一点点，越简单越无瑕。

我仿佛被夜色包围，谁也看不到我，像穿了一件黑纱衣，神秘得可以。

# 不了了之

从来我都喜欢问个锅穿底，不明白不罢休。这是种精神更是种态度，后来发现这是种神经病的前兆，不适应社会大发展的滞后，没有修炼成佛的人也。

我反复问自己，答案重要吗？重要！过程重要吗？老师说过程比结果更重要！所以就不了了之吧。这不是消极，这也是过程，就像不了了之不是结果一样，只是当下处理事情的一种可以令人心生愉悦的一种方法，为难他等于为难自己，好吧，我们将彼此放彼此一匹马留作来世的信物。

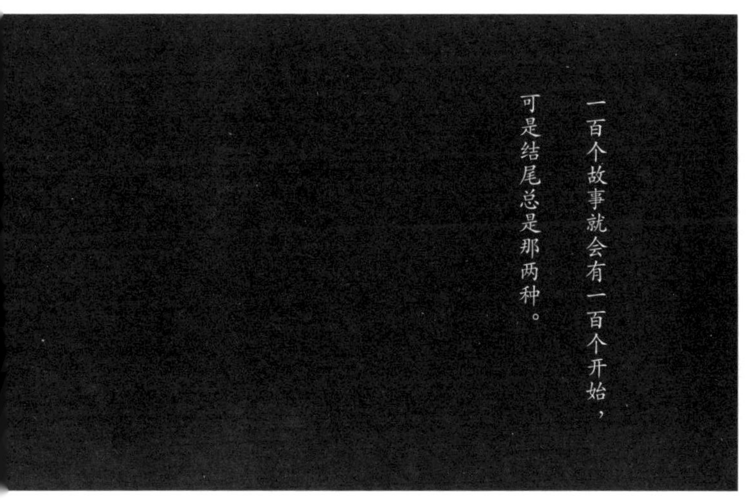


怎样的过程注定了怎样的结果。

那天爸爸和我聊完要离开妈妈的事情之后，我决定先放弃治疗他们的情感，不了了之一段时间。在这段时间里我能做的就是带着妈妈去看风景。

最近越是发现，一个人待着挺好，或者出门走走，虚度的光阴才是自己的光阴，这是在西双版纳开客栈的老高那拾来的话，想想挺有道理。下周准备和朋友去清迈虚度一下。

# 小城 故事多

有了喘息的空档带妈妈去清迈走走，娘娘出门我当然要好好安排妥当。下飞机落地签，顺利踏上这个安静的小城，耳边回响起邓丽君的好多歌，还没唱几首就到了我在网上精心挑选的泰式客栈，看着没让大家失望还有些惊喜的表情，我一阵窃喜。放下东西就去周边的夜市逛去了，接下来的日子基本就是开火车：逛，吃，逛，吃。

拍照发朋友圈逍遥自在，旅游的日子总感觉烦恼是个啥玩意儿？老娘现在不甩你，就不甩你。

6月9日

天空突然就哭了，虽然仍见阳光。美萍酒店的大堂我们在喝下午茶，面朝户外的泳池坐下，先是感叹自己的选择：参观的门票五星茶点=900泰铢（合人民币180元），这比广州的四季酒店划算多了，对！越大的老板心里的算盘越小。我们从《小城故事》《我只在乎你》《甜蜜蜜》……唱得一点都不累。看得出来，妈妈比昨天开心多了，“疼疼”把自己的家事说了一遍，妈妈也很热情的帮着分析。其实人和人不能比，一比就突然觉得自己并不是悲剧中的男女主角了。1995年5月8日她走了，2015年6月9日，我们来过。清迈美萍酒店的1502永远不会再有客人，有的只是访客。张国荣、刘德华很多人也曾来过。

清迈玩了三天，周四到曼谷，晚上就去了四面佛拜拜，说来凑巧，原来拜四面佛周四是最灵验的。

方法如下:

人们在拜四面佛时，通常用鲜花、香烛、木象祭神，或者持法螺(代表赐福)；一手持明轮(代表消灾、降魔、摧毁烦恼)；一手持权杖(代表至上成就)；一手持水壶将麻雀放生，有的则雇几名穿着泰国古代民族服装的少女在佛像前随着音乐边歌边舞，意在祭神、谢神或还愿。四面佛，人称“有求必应”佛，该佛有四尊佛面，分别代表爱情、事业、健康与财运，掌管人间的一切事务，是泰国香火最旺的佛像之一。对信奉佛教的人来说，到曼谷来不拜四面佛，就如入庙不拜神一样，是一件不可想象的事。据说四面佛的灵验超乎寻常，因此，有些游客为了在四面佛前许誓还愿而多次往返泰国，更有许多港台影视明星，连年都来泰国膜拜四面佛，可见四面佛的魅力。

大皇宫已是第四次去了，为了和娘娘拍几张合照也是醉了。

邓丽君
2015/06/09 清迈·美萍酒店
PosterLabs

6月13日

应该是第四次来大皇宫了，得意得今天出门打车完全没理会司机的泰式英文，理直气壮回答："大皇宫"，全然不知司机问我的是：Where are you come from？乌鸦飞过，司机肃然起敬！差点没吓倒，给我跪下（有点儿夸张，意思不差）我其实多想come from 大皇宫啊，今天公主和母后驾到！请接驾。

每个人都有旅行的意义，这次最主要是让妈妈开心。看看妈妈的笑脸，任务完成！

# 盛夏五月天·大理

收麦。田家少闲月，五月人倍忙。

等了一天，原本昨天就是收麦的日子，可是下雨，大家都等着太阳呢。第一次下地里干活，体验一下爸妈插队的日子。地里有些潮湿，麦子也好像没睡醒。可是听着弗朗明哥的音乐，60秒即刻想跳舞。看着地里有外国帅哥和混血小孩拿着镰刀有模有样的割麦子，瞬间我有些跳戏。提醒自己，我是来帮忙工作的！可是还是感觉好玩可爱至极。我按捺不住心里充满荷尔蒙的小怪物强忍着用脚趾在打着节拍。

地里十五个干活的男女少帅，估计就我一个外来的。

“又见面了，每年就收麦的时候见一面”，他们见面都打着招呼说。

“您好，我们又见面了，还记得我吗？我帮您背过孩子，不过我忘了您的名字”，还有一种打招呼的方式这样的。

“不好意思，我也忘了您的名字”，对方回答。

于是两人重新介绍彼此。我多余的希望她们下回都能记得彼此。呵呵，一点都不尴尬。

男人和有些经验的女生都在割麦，主人家安排我打谷。力气小只能一撮一撮来，开始觉得还行，没到半小时就开始力不从心，手抖。歇了会儿，喝了点泉水。要想喝咖啡也有，只是我土，咖啡一定要加奶加糖，这儿没有。

麦子在麦机里飞舞，感受到了一种丰收的喜悦，虽然不是我种的，但是我收的啊！

天太热，帅哥们都把衣服脱了，场面愈加升温。突然觉得在地里干活的男人真帅，脑海画面竟然是《红高粱》里玉米地的精彩画面。

收割到中午大家都准备休息一会儿，坐在地里吃着主人家准备的午餐，中英文，方言各种表情聊着天。音乐有亮点，一会儿是法国乡村，一会儿是非洲鼓，一会儿是从来没听过的，节奏感都不错。

※

主人家不是中国人，来了大理十多年。他们太奇葩，吃喝拉撒全靠自己也就算了，听说男主人还帮老婆接生，已经顺利搞定两个都很健康。我不懂了。

今天来帮忙的少说八国联盟，都是常住居民以艺术家为主。他们说大理和瑞士很像，很多人经过就不愿意走了，苦于租不到长期的房子，没法留下而已。成熟的麦穗耷拉着头思考。只知道很多人想离开，还有那么多人想留下。

当然，今天的一切足以让我感动。

风暖暖地吹着，时时送来布谷鸟的叫声，仿佛告诉我们春已归去，而是盛夏五月天。

# 简 单生 活

2015年7月的一个午后和夏小姐相约一起画画，我记得是蓝蓝的天空白云飘飘，蓝蓝的大海泛起波涛，穿着蛋糕裙的小女孩站在沙滩上，裙角飞起，意境很美。

我们都沉浸在画里并没什么交流，画完坐了下来，夏小姐诉说着她的情感故事，而我是个听众。

我其实很意外，她能和我说这些，后来熟悉了才知道，当时，她只是需要出口宣泄一下情绪而已，我显然还算是个不错的对象。我们有几个相互认识的朋友，所以关系不算远，更不算近。

男人之间的关系想一下子升华，最简单的方法就是一起喝酒，女生就是交换彼此的秘密。

我们刚认识的那几天，几乎天天在一起，吃，睡。她还做早餐给我吃，别人以为我们是Lesbian，呵呵哒。

我们都爱画画，都对生活有追求，所以发起和创办了一个“简单生活 · 艺术空间”。对，这是我们向往的生活，简单、自在、随心所欲。起初只是：画画、插花、品酒、绣花，算是相对安静的沙龙，由于我们都喜欢旅游，便组织大家一起去了很多地方，希腊爱琴海、法国巴黎，还去日本看枫叶。夏小姐喜欢唱歌，我们还去了台湾，邀请金牌制作人吕绍淳老师制作了一首合唱歌曲《简单生活》。

≈

歌词是这样的：

阳光洒在白床单上
我不愿意马上起床
静待一段时光
天空也会变得晴朗
雨滴落在柏油路上
我不想带伞在身旁
微笑感受清凉
心情也会变得明亮
这是我想要的生活
不去追逐天上云朵
不去争论对与错
谁能做到无过
生活给你的不会太多
……

印象最深的还是滞留雅典机场的那一晚，我们不到十个人的小团队，由于天气原因在米克诺斯岛飞雅典的行程误点了，所以到了雅典机场，飞法国的那班飞机早就走了，我们去法国航空的柜台，只看到一个单词“Close”。

怎么办？傻眼！完了！机场那天很多飞机延误，滞留了很多游客，各色人种在我眼前晃来晃去，都是一种苦恼的表情。我的英文那么烂怎么办？他们的英文更烂怎么办？不用大家投票，只能由我去和机场里的工作人员沟通。

我用Body language和简陋的单词和他们交流，他们竟然都明白了！我发现我的英文不是最烂的，旁边排队等改签机票的，有日本的、韩国的、泰国的，突然觉得自信心爆棚。但无奈的是，这一晚我们铁定走不了了，所有去法国的航班都—没—了！想在附近找家酒店都—没—房！我们走进国际名牌店：麦当劳。

我们大眼瞪小眼，面面相觑，谁都没有睡机场的经验。昨天还在浪漫的海边喝着红酒唱着歌，今天就沦落机场，人生啊！有太多的惊喜和惊吓。

摄影师齐元说："说好的高逼格的旅程呢？"我们无奈地摇摇头，也不知道明天何时才能飞去巴黎，那时候手握的机票感觉得是那么缥缈。晚上机场的空调特别冷，我们都找出了最暖和的衣服裹在身上，夏小姐穿上了大衣手拿吸管，头顶小枕头扮起了哈利波特。这画面我想想都觉得可爱至极。

在这，越晚人越多，有很多背包客应该是享受穷游的，有流浪汉，我们从他身边走过都有种侵犯他领土主权的意思，还有很多像我们这样被迫在这里的。时间数着数着，感觉真是度"日寸"如年。

从晚上9点要数到早上8点，法航才上班。从崩溃到无奈再到接受。我们想打牌可是机场没有卖；想睡觉，可是长凳好硬；想坐着你看着我，我看着你，都有一种想打对方的冲动。可是时间是一个魔术师，过了大概5个小时，一切都改变了。化妆师娜娜趴在了桌上睡，安琪和齐元互相依偎着睡着了，薇薇在凳子上“葛优瘫”，夏小姐在被一个意大利男人搭讪，似乎脸上也是有笑容的，我在就近的长凳上躺着用全力回想着一些可能有用的英文单词比如：check in（办理登机手续），boarding pass（登机牌），flight number（航班号）……

又过了几小时，有人醒了去买早餐，有人换了个姿势继续睡着了，有人开始聊天，有人去上洗手间，凌晨5点的机场已经开始骚动。大概到7点多我就去法航等待他们上班沟通我们的机票，准备改签。结果当然没有我们想象的顺利，8点多的航班只有两个空位，这意味着我们要分批走。后来为了不耽误行程，每个人补了大约3000元，分开两批两个航空公司飞，终于在当天下午都抵达巴黎。其中还有我用英文和航空公司讨价还价的过程也是醉了，经验总结：出国旅游最好定同一家航空公司的航班，这样即使延误也会有赔偿。我们是跨国旅游定了不同公司的，所以两家公司都不认账。

经过了机场一夜，大家的感情增进不少，巴黎我们住在民宿，离家十天都想念火锅和小龙虾，最后一晚我们在超市买了些食材，我给大家献丑做了麻辣香锅，为愉快的旅程画上了惊叹号！

回想起来一切都是甜蜜的。不知道为什么，我的记忆里谱写的都是大调，哪怕当时觉得有一丁点不那么快乐的小调，经过时间的发酵也会变成幸福奏鸣曲。

谢谢那些陪伴过我身边的人，我们踏过的土地，看过的海，哼过的歌，耍过的小性子，都会在不经意的某年某月回想起来。

很多记者在采访时都会问同一个问题：你心中的简单生活是怎样？

我的回答是：在这不简单的世界里尽量活得简单一点就好。

# 闲暇时光

2003年我开始做主持人，从《娱乐大搜查》《亚洲新势力》《天使明星汇》《最爱主打星》《真LIVE真音乐》等等，几乎每档节目都离不开和明星打交道。舞台灯光绚丽、音乐让人陶醉、综艺节目的搞笑整蛊让我把精力几乎释放在舞台上。有时回家倍感失落让我甚至失去方向，总是在想那真实而又虚幻的舞台上的自己是真实的自己吗？工作太忙甚至忘了自己究竟要的是什么？在追逐什么？我是谁？我不想一天天很匆忙很麻木地克隆自己……于是有了《闲瑕时光》。

人真的不能太忙，忙到忘了自己、忘了生活、忘了关心家人和朋友，在这我深感抱歉之前没能好好关心我的朋友，现在才发现那电话号码本里曾经欣喜若狂留下的电话号码基本没怎么打过。所以从现在起我会慢慢地拾起，请给我些时间。

可能是平时做节目说得太多、太用力，总觉得语言是苍白无力的，能让人记住有印象的不多，也许文字才是有记忆的。我希望和亲爱的朋友们聊天记录下来的《闲瑕时光》，能等过了三五年或三五十年以后再重拾起时，还有那份想念和惦记，就像翻阅旧照片一样，跃然纸上。

这将是我另一个舞台，但不需要绚丽的灯光和太多的设计包装，没有现场观众的掌声和呐喊。一切将是最真实最感动的片刻，也是我最想和大家去分享的。明星也是平凡人，他们可以在这里吐露人生的快与不快，如此而已。

感谢朋友们的支持让我有了这片宁静而快乐的世界，让我们一起感悟人生吸取正能量，一起度过闲“瑕”时光……

∞

# 阿Sa和Sa爸的单亲 爱

一个晚上看完了这本由阿 Sa (蔡卓妍) 及 Sa 爸共同编写的《单亲 爱》，绝对不是囫囵吞枣，而是爱不释手。文字很温馨，感觉很真实，照片也很生活，是一本很另类的刊物；他们的单亲爱让我一幕幕地回想起和我爸爸在儿时的感动画面。

自古以来歌颂母亲的诗歌与散文有太多，“慈母手中线，游子身上衣。临行密密缝，意恐迟迟归”。若母爱像山涧清泉，甘洌绵甜，那么父爱就如大山般，厚重沉实；若母爱如大地般让我们有家的感觉，那么父爱就像天空般让我们展翅翱翔。

爱——单亲、双亲家庭都重要。

前些日子和朋友吃饭遇上Sa爸，本想约个安静点的地方做《闲瑕时光》的访问，可他推说忙可能要下回了（我猜其实他是不想做专访），但在这一顿午餐，在我们聊天时我已默默记下我们的对话及我想知道的事情，哈哈，我是不是很聪明呢！

I LOVE

如果阿 Sa不是公众人物，大众的偶像，谁会感觉到阿Sa是单亲家庭长大的呢？从小离开了妈妈跟着爸爸一起生活。在她的脸上我没有察觉到一丝的忧郁和阴霾，这会不会和她的生活背景有关呢？她小小的心灵在当时是怎样想的呢？一大堆的问题油然而生。

阿Sa从小跟着爸爸长大，Sa 爸说她的性格很像爸爸：活泼、开朗、乐观、随和；大家对阿Sa的了解肯定比较多，今天让我们来了解一下一个同样可爱、健谈、Easy Going、知足常乐的Sa爸吧！

吴瑕：Sa爸现在都挺忙的啊。

Sa爸：呵呵，是啊，习惯了，做些自己喜欢做的事情，5月TWINS在中山有场演唱会我参与其中。

吴瑕：阿Sa长得还挺像你的？

Sa爸：别人都是说她长得像我，唱歌也像我，我读书时组过BAND队的，对待朋友像我一样“没什么所谓”，但做事的态度像她的妈妈，很认真。

其实Sa爸还真挺喜欢唱歌的，出去做客经常自己高歌一曲，当年还会和阿Sa合唱《相逢何必曾相识》《相思风雨中》等老牌歌曲。阿Sa的第一个唱歌搭档就是Sa爸。除此之外Sa爸还很爱运动。

吴瑕：Sa出道你有帮她很多吗？

Sa爸：其实她真的算挺顺的了，从小没吃过什么苦，我也没怎么帮她，她进这行挺奇怪的。

说没吃苦也不完全，当年阿Sa的爸爸妈妈分开后，阿Sa练就了一流的厨艺，这对一个独生子女来说不算容易啊。

吴瑕：哦？怎么奇怪？

Sa爸：是啊，她从小我也没怎么管她，一开始她就拍一些广告，都是圈里的朋友说你家女儿不错啊，我们准备捧红她。我当时也没多问，直到有一天，女儿给了我一张卡片说“这家公司要签我”。我拿过卡片看了看。于是打了几个圈里的朋友的电话问了问这公司的情况，可没有一个人认识，于是我就告诉阿Sa说不要签这家公司，后来也就不了了之，她还是继续拍她的广告。

吴瑕：那后来是怎么签了英皇的？

Sa爸：有一次一部电视剧选角色，她也去了，好几千人在电视台门口排队，也不知道怎么就选中她了，拍摄了《青春@Y2K》。当时网络刚兴起，很多FANS给她做了网站，那时她还没签公司就有十几个FANS做的粉丝网，也可能就是在那时才会出现这样的情况。后来就有杂志找她拍封面，说也奇怪，凡是她做封面的这一期肯定卖断货。于是这消息就传到英皇，没多久拿到了合约，大概谈了几个月。

吴瑕：当时阿Sa很小，合约都是你在把握吧？

Sa爸：是啊，从谈合约的细节到最后签字都是我替她办的，当时我就问她：你确定要做这行吗？她说"是"。我说："做了这行就返不回头了，很难以后做其他的职业。"她的回答很肯定，因为她喜欢，所以我当然支持她啦。其实她当时不做这行我是准备让她去国外读书的，学校我都选好了，她也说给她几年的发展时间看行不行，不行还是可以出国念书，但谁知道从那一开始就没有停过。

吴瑕：你们在一起很多话聊吗？

Sa爸：小时候我们的沟通方式很可爱的，因为我和她妈妈离婚了，我带她，当时我的工作忙又有应酬，回家很晚她都睡觉了，一早她要上学，我也见不到她，所以变得很少有机会见面聊天，我也不知道她想什么，于是我就会写字条贴在电冰箱上，她看到也会很认真地用写字条的方式回答我，很有趣的。这样我们就算再忙也能了解彼此的状况和想法。

吴瑕：爸爸带女儿可能会比妈妈辛苦些吧？当时有为女儿放弃些什么吗？

Sa爸：放弃了我的爱情！哈哈。

吴瑕：怎么说？

Sa爸：是啊，我为了她和几个女朋友都分手了，因为一个人的精力是有限的，我要谈恋爱就要照顾女朋友，肯定会没那么多的时间照顾阿Sa，后来我想来想去还是不谈恋爱了，好好照顾她，毕竟她还小。当时我为了和女朋友分手还说谎呢。“什么家里有事啊，什么我身体不好没办法照顾她啊。”现在想想很内疚，但过去了的永远也回不去了，期待下一段恋情吧。

吴瑕：现在女儿大了，你可以谈恋爱了啊！

Sa爸：哈哈，今年过年她还送桃花给我，希望我快点找个伴。

吴瑕：现在见女儿的机会多吗？

Sa爸：我们很少见面，但常通电话，一般都是公司安排好了她的行程，我看她在哪我就飞去哪和她吃饭，没办法，只能这样啦。

现在很多父母做得不成功，就是除了儿女要钱时会和爸妈说几句之外，其他基本是零沟通，哎，真是很悲剧的。很多爸爸在家中是扮演红脸的角色，往往放狠话都是爸爸，但Sa爸很聪明，经常用些方法来婉言拒绝在他看来不那么好的阿Sa的请求。所以提醒各位爸爸要聪明一点哦！其实儿女之间除了日常生活的琐碎也可以聊些八卦，就像阿Sa说的那样“八卦无伤大雅的话其实也是打开话题的方式”。沟通是多方面的，聊八卦，写字条，一起看电影写观后感等等。

吴瑕：她有没有做过一些让你感动的事？

Sa爸：嗯，那年，她好像在读初中，我回家时她已早到家，家里的阿姨就说：小姐一早回来了，在房间打电话，好像说要去捐血？我一听就吓一跳，她从小就很瘦的，怎么可以去捐血？我就去房间找她，看她瘦小的身躯坐在床脚打电话，我没打扰她在一边听着电话内容。原来是她的朋友的朋友的爸爸得病了，需要输血，但她的血型不符合标准，于是她就拿着电话本一个电话一个电话的在拨，然后求朋友去献血帮助她朋友的朋友的爸爸。我看她在房间足足打了将近100个人的电话。

吴瑕：你当时的感觉是怎样的？

Sa爸：当时我就在想，如果换作是我，我会这样的帮助我朋友的朋友的爸爸吗？突然我就觉得我女儿长大了，懂事了。我很欣慰我有这样的女儿，她很善良，让我很骄傲。

儿女就是爸妈的一面镜子，其实在阿Sa的眼中爸爸就是个乐于助人的人，正所谓有其父必有其女嘛。

吴瑕：我记得你们出版过一本书叫《单亲爱》但早就卖光了。

Sa爸：哈哈，是啊，到时我送你一本吧。这本书是我写一半她写一半，直到出书后我们才知道对方写了什么。里面有她心目中的我用漫画画出来的。哈哈，那种五颜六色的衣服，挺潮的。我才知道原来我在她心目中是这样的，我在里面也画了插画。

Sa爸说出这本书的目的就是给单亲朋友精神上的鼓励，也提醒天下父母即使大人不能走在一起，也要给孩子爱，让他们健康成长。对于一个爸爸来说能有勇气担当起抚养女儿已经是件不容易的事，40岁学洗衣做饭；面对与女儿之间的诸多问题从不发火又何尝容易？在外面打拼世界的辛苦回家又要当奶爸这是什么滋味？为了让女儿学习多些才艺，让她有“爱”的感觉，工资常常花完，有时还入不敷出。但这一切的一切都是因为“爱”，伟大的“父爱”。

吴瑕：这本书得来的钱听说是捐出去了？

Sa爸：是啊，这也是阿Sa的提议，书写完准备出版的时候，她就打电话给我说：老豆，不如我们把卖书赚来的钱捐出去吧，那么多人需要帮助。”我一听女儿有那么好的想法马上就答应了，所以书一出版后我就搞了个义卖会，反响特别好，一下书就卖断货了。

那年是“5 · 12汶川大地震”，到现在虽然已印了好几版，但本应得到的钱父女俩分文未收，全部做公益事业了。

吴瑕：以后还会出书吗？

Sa爸：如果有好的想法当然可以啦。

吴瑕：书中一直也没怎么提起妈妈，其实两人分开后到底应不应该逃避谈论妈妈的事？现在有答案了吗？相信也有很多人想知道答案。

Sa爸：……

阿Sa过着自己忙碌的生活，Sa爸也忙得不亦乐乎，但聊起自己的女儿总是很幸福很自豪；作为爸爸无论孩子怎样在她眼里永远是他怀里抱着的宝贝。

希望阿Sa的事业和爱情顺风顺水；希望Sa爸健康快乐，早日找到那个可以和他一起浪漫的伴。

若现在让Sa爸写张字条给Sa的话，他会写什么呢？画什么画呢？

# 轻熟男释小龙　自古英雄出少年

中国有句俗话：三岁看到老。他是《龙门释家》的创始人。他今年仅24岁，却工作了近二十年。他被称作为“演艺圈中的公务员”。

五岁入行，他的童年与众不同。内地头号“功夫王子”参演无数经典影视剧，塑造的人物栩栩如生。

近期广东卫视热播剧《自古英雄出少年》中他饰演：铁彪。今天做客《闲瑕时光》的就是这位——我们童年的小偶像。

吴瑕：我对小龙的印象还总是停留在《旋风小子》里的那样。

释小龙：是啊，的确那部电影很经典。包括徐若瑄（神仙姐姐）前段时间我们通电话，还说一定要见见面呢，我们都有15年没见面了，她说也想看看我现在长成什么样了。（PS：当年他5岁，在片场称呼徐若瑄为“神仙姐姐”，一直到现在还改不了口）

吴瑕：那时的工作环境是怎样的？还记得吗？

释小龙：有些真不记得了，还好当时他们给我拍了许多纪录片，要看到片子我才能想到那时的情景。当时的工作环境大家在剧组都像亲人一样，每部戏都是一样，导演、编剧、摄影和化妆，他们很了解我，对我也很好，大家合作很有默契。演员也就是我、郝邵文、林志颖、吴孟达等等。我除了在片场拍戏就是练功和学习。

吴瑕：会感觉这样的童年有些枯燥吗？

释小龙：可能站在你的角度会枯燥吧，但我并没有这样的感觉，觉得很正常啊，长大后才知道自己的童年会有些不同而已。

吴瑕：入行这一路走来辛苦吗？

释小龙：对我来说比其他人好一些，不用刻意，一路都有很多人帮我。从1998年开始签约台湾公司，在广州、香港、台湾拍电影，然后1999年去美国读书。

吴瑕：读书的感觉还好吗？

释小龙：读书时不像拍戏那样忙碌，回到了以前没有尝试过的生活，那个阶段很特别，有了年轻人在读初中和高中的感觉，挺珍贵的。

吴瑕：那让你现在重返校园还愿意吗？

释小龙：现在不想，因为读书的压力也很大。

吴瑕：若现在只有两条路可选择：读书OR拍戏？

释小龙：我还是愿意拍戏。

吴瑕：读书时的成绩如何？

释小龙：成绩还不错，中上等。我到美国先读高中，再读纽约大学电影制作专业，是有关后期制作方面的。

吴瑕：以后打算转幕后？

释小龙：拍戏我毕竟拍了那么长时间，不说自己有多少经验，但在现场我说的总是对的，像在现场很多人不知道该怎么演怎么做反应，但我就知道导演要什么，所以一条就过了。我要这个反应，导演说不是这个是那个。所以，没办法有时候想多拍一条也不行。

吴瑕：对自己的职业规划？

释小龙：嗯，顺其自然吧。其实每年都是这样，除了拍戏我就是自己学习东西。

吴瑕：比如？

释小龙：好多，像现在学跳舞、唱歌。

吴瑕：以后想唱歌啊？

释小龙：自己喜欢，别人能做到我想自己喜欢也能做到，把自己的另外一方面挖掘一下，跳舞和功夫是不一样的，也不是短时间就可以练好的，可能我给自己的要求比较高吧，起码也要几年。

吴瑕：你的闲暇时光怎样度过？

释小龙：学习！我喜欢自己拍完的片子自己剪接，也是一种乐趣。这样给别人看到我要的东西就不用去说太多。

吴瑕：最多可以在家待几天？

释小龙：两三天，然后去超市逛逛或和朋友吃饭，遛遛狗什么的。

吴瑕：养了只什么狗？

释小龙：泰迪熊。

吴瑕：啊？怎么不养只大一点的？

释小龙：我毛发过敏，所以不能养掉毛的狗。

吴瑕：喜欢旅游吗？

释小龙：我很少旅游，没有为了旅游去旅游，我除了工作之外平常就喜欢穿得很舒适，喜欢练功看看电影。要不然就约朋友打球上网，总觉得出门很麻烦。

吴瑕：那你的女朋友一定会觉得你很闷吧？

释小龙：如果要在一起的话，她应该也不会觉得闷，但也不一定，两个人在一起不可能都是开心或是不开心的。每对情侣都一样。

吴瑕：现在爸妈还管你吗？

释小龙：他们一直都有管我，只是现在相对少了。

吴瑕：爸妈在你心目中的印象？

释小龙：小时候爸爸很严厉的，我不怎么和爸爸说话。妈妈有学一点武功，很传统不怎么说话，爸爸会打人。

吴瑕：练功时打人？

释小龙：不打没办法练，练这些都是打出来的。不打也练得不好。像原来练完功很累，走路脚累到不愿抬起来都拖着地，吱吱吱地响，长辈就会说，就要改啊。

他说得很淡定很自然，可我听着会有些鼻子发酸。他家就在少林寺对面的那座山叫登封。从他爷爷带着他爸爸习武再到爸爸带着他习武，中华武术之传承也就是这样一辈一辈打出来的。可能在他眼里习武之人本应该要承受这些皮肉之苦，就像咱们吃饭一样正常。

吴瑕：拍戏累还是练功累？

释小龙：拍戏也辛苦，记得穿盔甲很锋利，身上会被划伤，还有想睡觉没得睡什么的。其实做哪行要做得好都是要付出代价的。

吴瑕：那在拍《自古英雄出少年》时有没有些趣事发生？

释小龙：大家也许还在热烈讨论着，热火拿下了刚结束的NBA总决赛冠军。而去年总决赛时，我们正好在拍摄《自古英雄出少年》。在现场常看到古装模样的我们拿着笔电，关注着比赛情况，很穿越。拍戏间隙，也会和剧组喜欢篮球的朋友们切磋一下，其中包括主演的小朋友们。

吴瑕：19年的工作的感受？

释小龙：很平静，没什么啊。

所以大家都说他是演艺圈中的“公务员”，真的形容得太贴切了。虽不是朝九晚五但也算是两点一线啦。

我觉得他们想太多。

吴瑕：心中最理想的状态？

释小龙：就是像现在这样，只是事业上要再好一些或更好。练功然后有自己的专业，有固定的朋友圈子就好啦。

吴瑕：你在北京还创办了《龙门释家》？

释小龙：他们全是从我爸爸的学校里挑选出来的，一直在淘汰从几百人到五十人到十几人，现在算是基本固定，大部分都是90后。

吴瑕：你的初衷是什么？

释小龙：因为他们对武术的热爱。也想看看他们是否有机会做幕前的工作。

在这次聊天中我记得他说了一句话，我很有感悟。他说："现在的年轻人都想得太多。"呵呵，的确是这样。看他的生活如此简单不失节奏，每天练功看似乏味但"冰冻三尺非一日之寒"。时下的年轻人又有几个能做到这样啊？年轻时难免"浮躁和虚荣"。正因为我们年轻所以年轻。可他从小便没有过这些复杂的想法。不知是不是习武的原因？又或者他早已渗透其中的道理？和他聊天真的不像和一个现在24岁男生那般。简单得很有道理很有规律也很踏实。

期待小龙更精彩转身，或许下一次见面就是在舞台下听他唱歌看他跳舞又或者是隐藏在幕后的剪辑高手也不一定哦。

## 一次倾心 与许巍的擦肩而过

我来了深圳大鹏湾三次，他两次。我依旧是主持，他仍是唱歌。可是很奇怪，我对上一次的同台竟然没太多印象。也许主持人都有短暂性失忆症。

喜欢他的歌不是一两年了，但他出道的时候我并没有注意到他，直到某个时间点他的音乐和歌词戳中了我的要害，一发不可收拾。早晨起床、开车上班、旅途中、伤心难过失恋……都有他的歌陪伴，好像他的音乐总可以让我释怀得到安慰。

今天知道又是他来，想着还是留些回忆吧。我们在台口相遇。原以为他有点儿秃头的，一看还行，只是有一点中年发福的感觉，头发带了点卷儿显得还算丰盈。“许老师，我能和您拍张照片吗？”特别俗特别有粉丝的感觉，我咧着嘴在笑。“不行！”他身边的助手说，许巍看了看我有点儿不好意思。僵持了5秒钟……“来吧！我们现在拍。”许巍开口说话了。于是有了一张这样的合影，我又说：“许老师，我特别喜欢听你的《蓝莲花》。”他笑了笑没说什么。我继续说：“今天你唱几首歌？”“对不起他要上场了。”那助理继续把我认为快乐的聊天打断。

其实明星大多都不耍大牌，耍的都只能做助理。

呵呵……

连续几首歌他唱完都没说话，其实也不需要太多言语。我闭着眼睛听着，穿越在回忆里的各种时空。音乐是有魔力的，尤其像他这样的灵魂歌手！太棒了！像台底下人喊的那样：许巍，牛逼！每一首歌唱完大家都重复着这一句，当《蓝莲花》响起，我忍不住站起来各种跳，估计他也看着我在那跳了。哈哈……唱完在台口我们用力地握手没有拥抱。我说：太棒了！之后就不知道何时再见啦。

总之，他的音乐是可以让你一听倾心的。

# 涵 · 冷不冷

有很多人和事离得太远总是看不太清楚，何况还会被灯光和掌声所左右。直到今晚和涵哥那么近距离的聊天才发现，他，原来如此。

左手戴着婚戒，右手的尾指带着汪氏图腾而且是自己做的金戒指。并告诉我只有家族中最有威信的男人才可以佩戴。以后还要传给儿子。虽然当时舞台上演得热火朝天，周边杂乱无章，却并没有打扰我们聊天的雅兴。

每个人都像一面镜子，也许自己不一定能看清但有心人却一定能明了。

我们从他如何教训天天兄弟开始打开了话匣，涵哥内心也是一个矛盾的主儿，既虽严厉却又很护犊子，但凡有人说他们不好便直接冲进办公室里一顿KO。他拿50万元给了要参军的小五，因为小五要养家。8年了，天天向上陪着我们成长。他是节目的监制，拿自己主持人的收视分红给团队的实习生原因是大家都辛苦了。央视拿4000万元请他被他拒绝，理由是一女不可侍二夫。感觉他是古板守旧的，的确，他也认为自己是有时难搞的！严格要求自己的同时也不放过别人，呵呵。他要求自己在业务上精益求精，做人上又挑不到毛病。还说他父亲就是这么从小教育他的。

小时候身体不好躺在病床上只能看书，所以到现在没其他娱乐活动，上一次唱K是在追乐乐姐的时候，12年前我八卦地问:乐乐姐难追吗？他没有停顿地回答：不难。我再追问想要第二胎吗？他说要看乐乐姐的身体。没想到的是他还告诉我：夫妻本是同林鸟，大难当头各自飞，只有血缘关系才是牢靠的。因为有了宝宝才把两个“我”变成了“我们”。

有时和朋友聊天，答案其实不重要，我更看中的是彼此的真诚。无疑涵哥是让我感动的。

在这聊天过程中也有大家都不说话的时候，要是按照原来的我一定不会让他冷场，但现在感觉有时呼吸其实都是一种语言。

涵哥爱喝茶，但最多只限于两个人，他说人多了就不叫喝茶了，他喜欢一个人主持，爱收藏爱做家务。他说回家后也不方便出门，最爱的应该还是看书。从不消夜怕麻烦。所以很多人都会被他的外表吓到，有一种冷叫“涵冷”。

我说我前几年看你的《有味》都快睡着了，因为节奏太慢，但这两年偶尔翻阅倒是觉得才有味。看来年龄大了，什么都不喜欢太快。

我们这次做活动也是，他总是慢悠悠地说没什么大事不着急，我说：您心里有谱所以不急。很多节目环节我俩都是交替上的。

他批评现在的明星做微商，他说他没有微信，用着古董手机，他说他现在上有老下有小，做事没那么胆大，可我说是这是幸福。他还是笑了。最后离开前和我说：谢谢，再见！嗯，涵哥，原来就是这样。其实涵哥一点都不冷。

# 陈珀 的灵魂交响乐

文如其人，曲如其魂。

今夜的寂寞让你如此美丽。

音乐没有好与不好，只有喜欢和不喜欢而已，有共鸣的便是好的，希望每个人都能找到打动自己灵魂的音乐。

陈珀，广东青年女作曲家、编曲家，出生音乐之家，6岁学琴。1998年考入广东星海音乐学院作曲系，主修作曲、交响乐写作、钢琴和指挥。2002年毕业，开始独立音乐创作。至今创作数以百计，获奖无数。无论业内业外，都视之为中国作曲界一颗冉冉升起的作曲新星。

她是我的姐妹，是一位灵魂音乐的编写者，她很低调很谦虚，也很爽朗很可爱，我们同是星海音乐学院的学生，很骄傲地说，我们是能读懂彼此的好朋友。

说实话，我还真不知道她写了那么多首我爱听的歌，我想是自己孤陋寡闻，但也有一部分的原因是她的为人很低调。在我看来她身上有很多做幕前的所需要学习的东西。

失败总有种种的原因，但成功秘诀必定有努力加坚持。谁都没有可能平白无故的被幸运这块“大馅饼”砸中，今天在这和大家分享一个励志真人秀。好吧，听她娓娓道来。

吴瑕：感觉你天天都趴在棚里，也不出来晒晒太阳？

陈珀：我们的工作性质就是这样，需要的是安静和思考，慢工出细活啊。

其实在这样浮动的社会中能交到踏实的朋友并不容易，无论《好久不见》还是《富士山下》又或《爱情呼叫转移》都能看到她编曲的名字，唯美的钢琴旋律仿佛诉说着我们的故事。文如其人，曲如其魂。在她编写的音乐中我没有感受到一丝的炫技，缓缓的钢琴曲，悠扬的小提琴声，听她的作品总能让我鼻子泛酸，眼角微泛波澜。

吴瑕：说实话，真不是恭维你啊！你的好几首歌我都特爱听，像《富士山下》《好久不见》《搜神记》《爱情呼叫转移》。

陈珀：谢谢，其实这不是我一个人的功劳，应该说是我们团队的力量。和他们合作特别愉快，虽然苦点累点，但在那种氛围可以学到很多东西。

在陈珀看来，她干的这行要干好必须具备三点：

第一，别把自己当女生。

第二，吃苦耐劳。

第三，不停地学习直到不能干为止。

所以很多师妹或想做这行的人当投入羡慕的眼光看她时，她总是会发自肺腑地说：你们想清楚，能不干这行就别干这行，除非你们爱得不行，这真不是人干的活，更不是女人干的活。的确，在中国的同行中，女性真的就那么能数得过来的一两个，用“凤毛麟角”来形容太贴切了。

吴瑕：当时你怎么就选了学作曲专业呢？从小喜欢？还是怎样？

陈珀：其实我高中是学服装设计的，一个偶然的机会让我看到了雅尼的音乐会，当场我就震撼了，散场后我就决定我要学音乐，我也想制作出那样能触动灵魂的音乐。

那年她高三，处于人生的第一个转折点，一次意外的音乐会改变了她原本的生活轨迹，她用了两年的时间学习了基础的作曲知识，以优异的成绩顺利考上了星海音乐学院的作曲系。

吴瑕：我知道作曲系的学生都挺苦的，尤其是学古典音乐的，我看到密密麻麻的交响乐谱时，头就会变大。

陈珀：其实还真感谢那些年在学校的积累，正因为很多人不懂的，但你要能驾驭的话，你的机会无形就会比别人多很多。

吴瑕：那时你在班上成绩如何？

陈珀：还不错，当时还拿了国家奖学金。反正不是第一就是第二，因为我们班就俩女生。

哈哈，陈珀其实骨子里很可爱也很直接，在工作上倾注了她大量的时间和精力，所以在生活中她不会考究太多，平常她不爱打扮，穿着很随意，不穿高跟鞋。有时说起话来，傻傻的样子，和我一样。

吴瑕：我们在学习时不熟，但看你好像挺酷的样子，不太爱说话哦。

陈珀：其实我原来挺疯的，是个“坏孩子”。

我们可以想象一下在读书时所谓“坏孩子”的模样？她说她就那样，此处省略N个字。

我们怎么就成姐妹了呢？我也觉得挺奇怪，因为在学校读书时我们几乎没说过话，出来工作后，她做幕后我做幕前也没碰上过，直到去年我们一起录一档综艺节目，我主持她当嘉宾后我俩才有了交集。后来联系就频繁了，每次聊天都很愉悦，虽然她挺忙，干着不是一般女人干的活，我也不闲着，但每每有什么好事儿她总能想着我，我也总能想着她，于是慢慢地我们的姐妹之情就越来越浓啦。

吴瑕：你的“第一次”进棚录音是什么心情？

陈珀：其实压力挺大的，因为是第一次，在乐谱上出现了小小的错误，所以害得整个乐团延误了录音的时间，我很内疚，录完之后回家大哭了一场，但从那之后就再也没犯过类似的错误。

在音乐制作人中很少有女生，在她24岁刚入行时也遭到不少人的打击和质疑，“这东西是你写的吗？”“不可能吧”。而随着时间和作品的日积月累，她也算是“小荷才露尖尖角，早有蜻蜓立上头”。

吴瑕：你满意你现在的工作状态吗？

陈珀：挺好的，和工作团队的人合作很开心，我们团队就四五个人，在他们身上我也学习到很多东西，无论是专业上的还是为人上的，都让我很感动。

吴瑕：接触过你的记者都说你超级低调？

陈珀：说实话对比那些前辈们，我的这点成绩根本就不算什么，他们比我厉害那么多还是那么谦虚和好学，我觉得我还有很多需要做的。

鲍比达，我相信他的作品大家都很熟悉，一个60多岁的音乐制作人，到现在他还是说要多多学习，正所谓“学海无涯”“活到老学到老”啊。陈珀说连鲍比达老师都是这样的态度，像我这样的新人根本是没资格骄傲的。

吴瑕：合作过那么多大牌，有什么感触？

陈珀：越是大牌就越低调，他们为人都很好，懂得感恩；比如陈奕迅，在演唱会上一定会感谢每一个幕后工作人员，哪怕记不了全部，他也会拿着字条一一介绍和感谢。虽然就一两分钟，但对我们来说已足够，这是人与人之间的尊重，我们当然也会更用心地为他服务。又比如说林子祥，那天我们在香港第一次见面，聊接下来的案子，约定三点到，我按时到了，可他早到了还要和我说："对不起，我习惯早到半小时。"当时真弄得我怪不好意思的。有很多类似的细节，但就这些细节体现了一个人的素质。

我在做节目时也接触过不少艺人，所以我们都有种感觉，越是知名度高的艺人越会为人处事。

吴瑕：对接下来的工作有什么规划吗？

陈珀：没什么具体的规划，但都排满了，呵呵。在我眼中案子没有大小，每一件事我只要接下来，答应做的，就必须好好的完成。没办法，谁要我们就是干这行的呢？

陈珀对自己业务要求很严格，的确，舞台上的光鲜夺目是用多少人多少个夜晚与寂寞陪伴换来的啊。“业精于勤，而荒于嬉”。伟大的幕后英雄们，向你们致敬！

亲爱的，有时挺心疼你少了女生的很多乐趣，比如去逛街、去旅游、去享受，但想想这就是你的工作，你的爱好，和你的成就。我会默默地支持你，期待你的作品音乐会，我会捧着鲜花坐在台底下细细地品味你用灵魂速写的乐章。

# 宋嘉其 一生都记起

我，称呼他嘉其哥哥。

他是我的榜样。

主持时的他不是真实的他，和朋友谈笑风生的他也不一定是完全的他。

事业上的成功，家庭中的成就，朋友们的信任，他都得到了。

他很男人，却一点都不大男人，然而他又有多少男人隐忍的痛?

他最初的梦想是想考上大学，毕业后找份工作再结婚生子，很是简单。人生的精彩就在于你永远也不知道，你迈出的步子会踏出怎样的精彩，如今看来，嘉其哥哥脚下的足迹是那么的踏实而不平凡。

我采访过的嘉宾虽然没有初夏雨豆那么多，可细算过来也着实不少，但却觉得怎么越近的人反而越看不清楚了呢？也许是我看到了太多不同面的他，反而糊涂了，隐藏在这些背后，真实的嘉其哥哥会是怎样的呢？通过和他的聊天，我认真回顾收集这近十年的记忆碎片，努力拼出他的模样，好让在荧幕外喜欢他的你们一生都记起。

吴瑕：最近又在录新歌啦？

宋嘉其：是啊，毕竟学的是唱歌专业，所以不想把这专业丢掉。

这一点我非常理解，我和嘉其哥哥同是星海音乐学院毕业的，可都没能做专职歌手，但对唱歌的那份热爱却是发自骨子里的。

吴瑕：两年前，完成了自己的歌唱梦想，当时的感觉怎样？有达到预期目标吗？

宋嘉其：自己做碟是很辛苦，虽然是一个老板投资但并没有达到预期的目标，很遗憾始终没有拍MV。我期望的MV是要像微电影一样。

吴瑕：近期还会出歌吗？

宋嘉其：也没有给自己压力说一定要何时出碟，也许三年或五年，只要歌够了也就自然出了。

吴瑕：圈内还挺多人知道你是唱歌的呢。

宋嘉其：在2001年进入电视台前，我都有靠唱歌赚钱的。只是现在基本没有，都是找我做主持的顺便让我唱一首，但我会拒绝。

对！他是个很有原则的人，从这一点便能看出。

吴瑕：在主持上有风格有过转变吗？是否已渐入佳境？

宋嘉其：主持倒并没有转折点，对于男人来说，30岁才刚起步，40岁才会更睿智。要想吸引全部观众，我还有很多不足，但慢慢来吧，功到自然成。

对自己严格要求，他也从来没怠慢过。

PS：和他的大学同学陈哲（著名音乐制作人）聊天才得知，嘉其做主持绝非偶然，原来在读大学的时候，在宿舍里他便是模仿电台节目，一人分饰几角。还说起大学见他时的印象是：一很帅，二很搞笑，三很黑很黑。

吴瑕：前些年，看你去亚视拍戏，怎么当时没留在香港发展？

宋嘉其：我不太适合去那边发展，毕竟家人都在广州。后来有了家庭也就更不可能了。

看得出来，他很恋家。

吴瑕：常在微博上看你提及小小宋。

宋嘉其：小小宋给我带来的是一种满足感，她上幼儿园全托，一星期才回来两次，所以有空我都会陪她。

前段时间小小宋生病，也是做爸爸的陪着去看病的。

吴瑕：怎么看你现在都过上老年人的生活啦？

宋嘉其：我在工作时可以战斗到天明，但我却喜欢有规律的生活，我的生物钟是早上7点自然醒的，所以晚上9点没什么事我就想睡觉了。

吴瑕：在外工作自然是有压力的，怎么减压？

宋嘉其：做饭或者去爬山。我建议你都要去爬，现在我都觉得我唱歌时的气息够用了，爬5楼腰不酸，腿不疼，吃嘛嘛香。哈哈。

他总是这样，无论是和他聊天还是工作，总会感觉很快乐。

吴瑕：你也算经营过很多生意哦。

宋嘉其：嗯，一开始做饮食认识一个大哥，很投缘所以有些小小的股份。其他的服装和酒吧，早就亏本关门了。俗话说：力不到不为财。

吴瑕：会有一天累了，不想做了吗？

宋嘉其：我想我即使主持不能做了也会做一个幕后工作者，我不介意转岗，编辑、编导都可以。

人不可能一辈子辉煌，总有平淡下来的时候，那时候希望我们都能坐在台下看着台上的人演戏，这也是一种满足。

吴瑕：家里人看你整天那么忙也没意见？

宋嘉其：这么多年他们也习惯了，家人也不会管我。没有一个富有的一代，就只有从穷二代开始努力拼搏了。

父母没给我们什么，只有靠我们自己打拼，这也是一种幸运，可以听随自己的心去走。

吴瑕：读书时有去勤工助学吗？

宋嘉其：当然有啦！大学的学费都是我自己赚钱交的，那时做挺多事的。拍广告，唱酒吧，做夜场DJ，还打黑胶碟。虽然辛苦但的确锻炼了不少。

吴瑕：在夜场有学坏吗？

宋嘉其：我知道自己去干什么就好，他们打牌玩游戏抽烟什么的，我是去工作赚钱和学习的。那么忙哪有时间玩啊？要准备碟，要想演出时怎么说？出了问题要怎么处理，每晚都要主持加唱歌。

俗话说：人贵在自律。

吴瑕：你也不是读艺校的，怎么会去考星海音乐学院的呢？

宋嘉其：大学前都没想到要做这行，只是当时成绩不是很好，怕考不上大学，但看到艺术特长生的分数不高，于是就去读考前班了，补习乐理，视唱练耳，考试刚刚及格60分。声乐考得很高，文化就更高了，加上我是广州本地人，很顺利的第一年就考取了。

吴瑕：你还记得吗？有一次做节目把我“骂”哭了？

宋嘉其：是吗？哈哈，的确，我很认真，可能也是受到香港团队的影响，他们工作时的状态，有时候难免着急。不过现在不会了，我能每天做好自己就已经很好了。

吴瑕：你是怎么做到从不迟到甚至早到的？

宋嘉其：其实很简单，就是把家里的钟和表都调早十分钟就好，哈哈。

又是一阵笑声，可是，说得容易，做到难！一次做到不难，但十年如一日谈何容易？但他真做到了。他每每都是第一个到，站在化妆间的门口等阿姨开门。

吴瑕：生活与工作中的区别。

宋嘉其：生活是越简单越好，我也少言寡语。工作中的我比较疯狂。

常看他在家煮面，煲汤，其实幸福就是如此简单。

吴瑕：生活与事业上的预期目标达到了吗？

宋嘉其：生活上已经达到，结婚有孩子了，父母也安康，该做的我也都做着。工作上以前目的会很强烈，可现在发觉在广东做综艺节目主持人特别难，大环境的竞争激烈，我只在乎每次在做的时候会认真去做就好了，关于收视率是多少，有多少人会认真看？这不是我一个人能控制的，就像做唱片一样，做完了我也不会在乎能卖多少？是否会拿奖？有多少人爱听？我只是享受做我喜欢做的事，唱歌给那些爱听的人听就好。

吴瑕：对做主持的期望？

宋嘉其：等待一档真正属于我的节目。

吴瑕：最向往的地方？

宋嘉其：很多地方都去过了，也有很多地方都没去，两年前去的马尔代夫我就很喜欢。我喜欢山和海。每年都要去不同的海，坐在沙滩上发呆，看书，再喝杯东西。

呆呆地坐着，放空自己，那一刻便是最真实的你吧。卸下了舞台上的衣装，赶走了城市里的喧嚣，唯能听见心跳的声音与海浪在合。看落日朝霞，云海一线天，哪怕孤独的人在海边而心却不寂寞，耳边回响着自己爱唱的《一生都记起》，嘴角掠过淡淡笑。

改天和你一起爬白云山去，在山顶泡一壶好茶，喝碗山泉水做的豆腐花，那叫一个爽快！人生何时须尽欢？不在此时更待何时？总觉得你对谁都好，怕是委屈自己不说还总是隐忍。

嘉其哥哥，感谢你在我工作上对我的帮助，想当年我刚做主持时，只要是你站在我身边，我总会很淡定。每当我说不下去了的时候，只要一看你就万事OK，你会帮我补漏洞，帮我打圆场，所以我可以随意发挥。呵呵，真心感谢！

与其说岁月像把杀猪刀，倒不如说像块橡皮擦。想想，这辈子有多少人、多少事可以让我们一生都记起？

# 许飞　我们更应该放慢脚步

许飞，37.2度温暖的声音，不张扬不高亢不刺耳不做作，歌如其人，恰到好处。

我知道她是个歌手，她还是个老板，现在她还是一名学生，但还有很多我们并不知道的她，希望今天能和你一起分享。

吴瑕：最近看你挺辛苦的，都在忙什么呢？

许飞：2016是我从事歌手这个职业第十年，除了发行一张专辑以外，这一年我还将完成世界六大马拉松的大满贯赛事。想一想真的太幸运了，一直做着自己喜欢的事情。同时我刚刚拿到了北大研究生的录取通知书。嗯……今年不太“咸”非常“甜”。

吴瑕：前段时间休息都有什么收获啊？

许飞：我没有休息过，如果说休息的话，练琴和跑马拉松就算是我在休息吧。其余的时间不是在舞台上表演，就是在录音棚里做音乐，或者投身到许飞吉他私塾的运营工作中去。但我是真的很想休息。

吴瑕：创业的感觉怎样？

许飞：创业的感觉是不错的，它的艰辛坎坷修正了我对于生活过于感性的理解。让我可以更加理性的思考关于创作，创业与生活。

吴瑕：老板有遇到什么棘手的问题吗？

许飞：呵呵，太多问题了。都是以前想不到，遇不到，甚至是没听说过的问题……我是在充满浪漫神秘天马行空的音乐学习中成长起来的，确切地说除了穿行于自己热爱的音乐之外，我并未有过真正的柴米油盐的真实生活。所以做私塾对于我来说真真的是一项不同以往的高强度学习经历与过程。做了私塾我才知道装修房子还要与消防卫生部门打交道……我一直认为，挂上牌子！我们就正式成立了。

虽然困难重重但总算是开张啦！恭喜！这是许飞又一生命的开始，祝愿：许飞吉他私塾桃李满天下！

吴瑕：成立了自己的工作室还习惯吗？和以往有什么不同？

许飞：总的来说还是磨合很顺利的，最大的区别可能就是在音乐上更加的能给我自由度！

突然想到一首诗：生命诚可贵，爱情价更高，若为自由故，两者皆可抛。许飞是个很有想法的女生，从学生到歌手再到做老板，能掌控自己人生的人总是幸福的，人的最高境界不就是随心所欲吗？

吴瑕：最近音乐上有何突破？

许飞：上一次发行新的唱片已经是N年前了，所以积累沉淀了几年后的唱片是有许多成长和改变的，这改变不来自被动的成长或牵强附会，是时间带给我的成长与收获。

吴瑕：舞台上的你总是比较平静,生活中有疯狂的时候吗？例如？

许飞：每个人其实都会有两面性，我也不例外。至于说到疯狂，可能我做过最疯狂的事情就是在进步非常缓慢且吃力的创业中不断的学习与挑战。

吴瑕：入行这么些年,最大的感触是什么？

许飞：最大的感触就是我们所处的行业在其他行业看来，是最浮华虚无的行业，但，在我看来却恰恰相反。

昙花一现的瞬间却也是经年累月的等待黯然换来的。

所以，只有更加努力地学习，生活，才能换来一次或更多的美丽绽放，所谓积沙成塔也许是更恰当的描述。

吴瑕：有过很艰难很困惑很矛盾的时候吗？

许飞：现在少了，呵呵，以前总是困惑矛盾，总是想不清楚自己热爱的和坚持的是否为一。现在的自己与曾经最大的区别应该就是已经将坚持视为生活！不管是对或是错。总之不犹豫。

吴瑕：爸妈平时会管你吗？

许飞：除了出差工作，我都是跟父母住在一起，我长大了，父母的管教变成了一日三餐的照顾，我很感恩。

有时和父母的这种感觉这种距离这种温度刚刚好。

吴瑕：在不那么忙的时候你会做什么？

许飞：其实现在很难有大片的空闲时间，以前可能会约上三五好友度假旅行，聚餐观影。近一两年其实很少很少这样做了，因为平时过于繁忙，所以越加的珍惜一个人独处的宝贵时间。这也是我迷恋上跑马拉松的重要因素，我非常的享受那片独处的孤独时间。

吴瑕：很有想法的女生会不会不太好嫁啊？

许飞：一切的安排都自有美意。

吴瑕：曾经有轰轰烈烈地爱过吗？

许飞：实话实说，没有一段轰轰烈烈的爱情的人生是残缺且遗憾的。但那样的感情真的只停留在学生时代了，现在回想我甚至连那张轮廓都不再清晰，时间磨平了他在记忆中的一切酸辣苦甜，但我依然感激和感恩，曾经有一大段的时间，两颗真挚赤诚的心给予彼此的陪伴及关怀。

吴瑕：自己感觉最理想的状态是什么？

许飞：最理想的状态应该就是有专注工作的时间，更有丰富的家庭生活及陪朋友旅行游玩的时间。

专注工作懂得生活这就是她，温暖的声音，安静的感觉。听她的歌总有种回到家很放松的节奏。

吴瑕：看你近期一直跑步，是不是跑上瘾了？

许飞：近两年确实跑步成为生活中重要的一部分，两年时间跑了3000多公里。我热爱跑步时自己与自己的独处。

吴瑕：那么久没见面了觉得自己哪些方面改变了？

许飞：这几年因为马拉松跑了很多的国家，结交了许多各行各业不同的朋友，也看了许多风景读了很多的生活。成熟了很多，对待自己的创业，面对自己的生活。

许飞对我说的知心话：我希望有一份稳定且平淡的感情生活吧。

我说：平淡是真。就永远做那个慢慢的自己。

PS：2016年许飞的新专辑《少年去游荡》，温暖来袭，是送给许飞自己的，也是送给你的礼物，推荐一首许飞的《慢慢的我》。

# 赵荣 选择人生

人生的意义和选择我们都在找寻答案，每个人有不同的答案，成人成佛皆是选择。

她很严谨也很随意。

她很忙很有爱心。

她是男人心中的女神。

她有间歇性“强迫症”。

她也有爷们的一面。

她还在朋友圈有个称号“酒鬼荣”。

她说她其实很懒。

女人三十才刚开始。

人生的意义和面对人生的十字路口，谁不曾迷茫?

我们的生活充满新鲜和诱惑，从睁开眼的那一刻就在面对选择，因为会有得失才有了选择的意义。我们总不能想着什么都要，那样会太累，记得李宗盛的歌词：“想得的不可得，你奈人生何？”什么是需要的？什么是想要的？什么才是必要的？往往在自己经历过一些，成功过一时，得到过一些的时候，我们会更害怕失去，驻足在那不敢前进，索性那时一无所有，便会背水一战。再问问自己的心。若心不能给你答案，那多半是心被蒙了一层纱，那怎样揭开这层心纱呢？

现在是男女平等的社会，三十而立不再是指男人，女人在三十岁也可以。但关键是立在家庭还是事业？能平衡当然好，但平衡不代表不放下都能拥有。

我的闺蜜们在一起聊的话题无非就是美容、减肥、购物、八卦、爱好、男人、两性的事儿。但和她多半聊的是工作和人生。我们更有些哥们儿聊天的感觉，喝着红酒吹着牛皮。不温不火不快不慢听着蓝调，不晕不散，挺好。

严格意义上来说，她算我师姐，若当年我命好可能我俩同班。

每次我俩聊天，都还会提当年考专业她就在我后边听我唱《清粼粼的水 蓝莹莹的天》的事儿，说我唱得那么好，怎么最后没考取？其实我第一年考星海的时候是突袭队员，准备得并不充分。若我读了艺校，说不定第一年也考取了。

吴瑕：当年你怎么会想着去读艺校的啊？

赵荣：我很清晰地记得我自己做的几个改变我人生命运的决定。第一个就是在初三时报考艺校离开了家，开始了独立的生活。当时决定离开也是因为我知道如果我继续读下去一定会是我爸妈设计安排的样子，我不想过那样的生活。

像我们这一代大多都还是会听爸妈的安排，可她没有。当时她们家还发生了很大的变故，姐姐不幸车祸，在爸爸妈妈已经伤心欲绝的时候，是她操持一切，帮姐姐换衣安葬。每天有朋友亲戚来探望，爸妈都没精力招待，就她和姑姑按照潮汕的习俗不停地重复招待、倒茶、送客人、洗茶杯、换新茶的动作。就在姐姐过世的一个星期她拿到了艺校录取通知书，虽然爸妈并不希望她在痛失姐姐后离开家，但她却毅然坚持。

那一年，她15岁。

选择我们都在找寻答案，每个人有不同的答案，成人成佛皆是选择。

吴瑕：从小你就是很多想法的那种吗？

赵荣：我3岁时就开始记事了，很多场景，很多人和物现在回想都记忆犹新。我读小学时就开始想很多“超越”的问题，比如：学珠算有用吗？背那些口诀多无聊？一按计算机不就什么都解决了吗？将来考不上大学怎么办？要结婚吗？要生孩子吗？让孩子来到这世界上安全吗？等等。

听到这我快崩溃了，这些问题我从来没想过，那口诀表我到现在还记得呢，三下五除二，九去一进一。

吴瑕：你最初的梦想是什么？

赵荣：当老师，和同学们一起分享我的所有。希望在孩子的某个人生阶段能起到作用.

吴瑕：那怎么会去考星海学院的呢？

赵荣：这是我的第二个决定，报考星海音乐学院。当时都不知道还有星海音乐学院的，是一位老师帮我分析了我当时的现状建议去试试，于是我就下定决心去考了，我是中专还不行，必须有个高中挂靠，爸爸给我找了家里的一所不算太好的学校，我上了几天学觉得“情况不妙”，就决定自己回家埋头苦读算了，结果那学校就我一个人考上了本科。

那一年，她18岁。我们在大学时都算是有想法的，2001年我们都去参加了比赛，我是“歌乐”的冠军；她是“美在花城”的冠军。当然她的比赛比我的规模大很多。

吴瑕：当年怎么会去参加“美花”的？

赵荣：这算是偶然的一个决定，但没想到改变了我后来很多，想多多锻炼自己，也想接触学校以外的社会，反正年轻没什么可怕的，比赛很辛苦也很锻炼人。

那一年，她21岁。

她说现在若碰上一些十几二十岁的年轻人都会鼓励他们去闯世界，多经历一些，因为年轻不怕选择。（年轻不怕跌倒，不怕失败。）

因为人生的这三次选择和三个决定，奠定了她的事业基础。而现在的她又该如何选择？

吴瑕：最近看你老去北京拍戏挺辛苦的，连轴转。

赵荣：嗯，之前拍戏我没住在剧组，要很早起床去化妆，经常5点来钟披星戴月的就出门了，对爱睡懒觉的我来说是一大折磨，严重睡眠不足。原来对演员这职业有偏见，现在就觉得戏如人生，不用心去演绎不到最后你都不知道会是怎样，我现在的心态就是顺其自然地用心去演绎、去过日子。

吴瑕：拍戏挺辛苦的，能扛住吗？

赵荣：苦乐都有，但苦肯定多些。记得去年冬天在片场拍爆破的戏，冷和困就不说了，爆破时我的头被意外砸中了4次，最后实在忍无可忍，零下十几度凌晨5点多，实在没有任何气力，我当时就想：什么我也不管，什么我也不要了！转身就走时被导演拦下安慰道："知道你很委屈，辛苦了。"一听这话，顿时便泪流满面哭成了花脸猫……但演员就是这样，只要你看到作品，就会忘了所有的难过，觉得一切值得。

吴瑕：最近好像有新电影要上映吧？

赵荣：对，本来春节期间要上的，因为几次更名，所以延迟到现在。片名叫《恋爱三万英尺》，这次我饰演的角色叫刘静，是一个特种兵出身的保镖，很能打，但很单纯，跟方力申饰演的小唐有很奇妙的化学反应，角色很特别。

吴瑕：接下来的工作计划？

赵荣：电影宣传……还有很多未知，哈哈。

吴瑕：其实早几年去北京的话，会不会发展得更好？

赵荣：当时工作很忙，的确是有中央台还有外面公司的邀请，但都被我拒绝了。那时候就想：广州台可是我恩人啊，不能走。其实也是自己懒，哈哈。

吴瑕：现在除了工作还看你经常出席一些慈善活动，有印象深刻的吗？

赵荣：去玉树的那一次，二十几个小时的山路，大雪、冰雹、封路、高原反应……一路上还要吸氧，到了那已经是凌晨3点多。天很冷，几个人挤在一个放满了药品的小帐篷里，外面就是藏獒凶猛的叫声，尿尿都不敢去硬是憋了一晚。第二天起来因为高原反应头疼得快裂了，但看到满城废墟心里好难过，赶紧就去拍摄做采访，和志愿者一起给当地人分发物资。那是我刚拿了“广州十佳青年”称号的第三天。

吴瑕：最近有关于人生的新发现吗？

赵荣：就是对很多东西都不怎么渴求了。也不知是好事还是坏事。

是你更知足更随遇而安了吧？呵呵，这何尝不是种选择，作为姐妹无论你怎样，飞多高走多远，我都祝福，累了就来家里吃饭，不快咱就喝酒，希望你健康和快乐。工作永远做不完，改天咱们一块去旅游吧，一起去欣赏沿途的风景，顺便带上那个他。(如果有的话，haha)

她说她不愿意做重复性的工作，刚推掉了一部情景喜剧的邀约，决定投身另一个崭新的领域。会是什么呢？我暂时帮她保密吧。这又是一个新的选择。

以后的你会是怎么样？谁也不知道，但命运就在你自己的手中，一切皆有可能。

人生的选择，让我们主动一些，大胆一点，才不白活一回。

私房话

小瑕：我们不常聚，但正像你说的，我们很有缘分。十几年了，我们都在努力踏实地前行，然后看着彼此的进步与成长，多好！看到你最近的变化，我特别欣慰（怎么那么像长辈哈哈），要向你学习。希望我们都能一直朝着心的指引走下去，更希望早日喝到你的喜酒，爱你！

后记：

这是3年前的访问，如今她为人妻为人母估计也颠覆了她的想象。她说，有了孩子太多的身不由己，是幸福的束缚。原来她是努力朝前飘着飞的风筝，现在成了脚踩大地放风筝的那个人，接地气了。看着她快乐也好有时不爽也罢，我们都会彼此祝福，就让她手里的风筝随心飘摇。生活里有无数的未知和答案都是我们自己选择的人生。

# 人生演员，演员人生

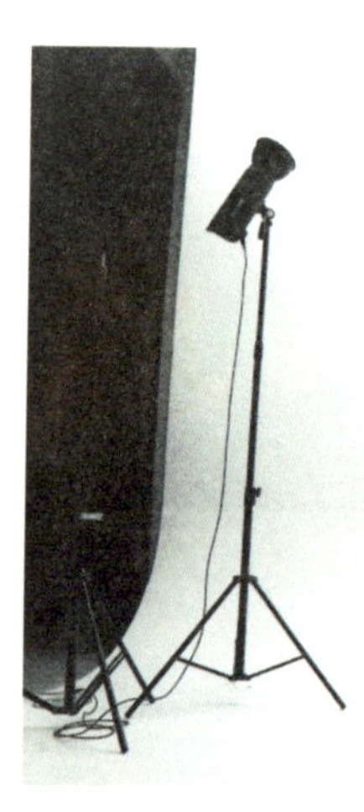

不要期待，不要假想，
不要强求，顺其自然，
如果注定，
便一定会发生。

心安，
便是活着的最美好状态。

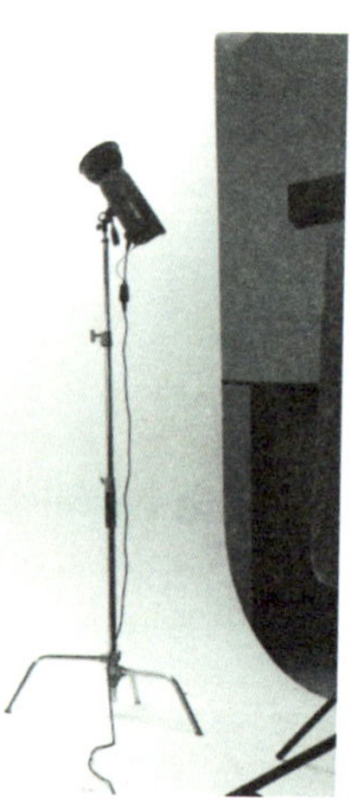

# 过半年

爱情像树，会生长也会老去。

从梦境里醒来，总要面对这，开你玩笑的现实生活。

面对生活我是百般折腾终不悔。

年年岁岁，一年又过半。停笔几日便觉得惭愧，说好的修行不能半途而废。

最怕自己贪新鲜，吹出去的牛也是要兑现的。

本来这书想找个枪手写我口述，但是考虑出来的东西未必是我想要的于是还是大胆自己尝试算罢，何况我这么小气的人，又不舍得浪费这钱。

⊕

不知不觉也过半，其实过半也才开始，这里的故事也许和你都没关系，但特别感谢你能看完，听我唠叨那么久，若可以请加入我们的微信群，让我也听听大家的故事。未来有许多的未知，也许有一天我们可以一起喝下午茶，或者在我的某节目，不期而遇呢？

生活就算糟透了也要感恩于她，“她”是老师，是一本教科书。

愿大家都好好工作和生活，好好地爱一场。

我也会继续笑靥如花的好好爱“她”。

# 你眼中的我

文/文上兴

题记：

这不是一次很成功的访谈。准确来说，我本来也没有打算按照访谈的格式去做，访谈总让我觉得太官方了，一旦到了官方这个程序，很多东西都会造作，甚至是假的。所以，我选择了像QQ聊天那样去谈话，说到哪算哪，这样或许可以在轻松的环境中真正了解一个人。由于之前和吴瑕认识，也有一定的了解，更坚定了我闲聊代替访谈的想法。

由于以前接触娱乐圈的人比较多，也目睹了大多明星的镁光灯下的虚伪，台上的假亲民和台下的耍大牌、摆架子让我感觉明星离人类越来越远。于是，更懂得了一个真实的人是多么的难能可贵，而吴瑕就是真实的人其中的一个。

# 崇尚真实的吴瑕

文/文上兴

当所有人将焦点集中在吴瑕的主持事业上时，吴瑕却悄悄地进行她人生另外一份事业——唱歌。很多人不解，是不是当一个人走红时，都想涉及其他领域当一个多栖的艺人？其实不然。做歌手一直是吴瑕的梦想，从小她就表现出唱歌天赋，并成为学校里的文艺骨干，通过努力考上了星海音乐学院声乐表演系。吴瑕说，当歌手是读书时的职业目标，只是后来阴差阳错地做了主持，但从未放弃过对音乐的追求。

大一那年暑假，吴瑕拿到了她人生中的第一份艺人合约，在学校表现出色的她，得到了经纪公司的青睐，并跟五个女孩一起组成了一支叫“N自由PARAPARA”的组合。提到这个组合，吴瑕脸上露出了惋惜之情：“那时候我感觉我离梦想近了很多，虽然当时我父母是极力反对，但我还是一个人拿着合约跑到经纪公司的老板面前直接签了，便开始了全国演出，每个月还有工资领。可惜组合由于各种原因半年便夭折了。”吴瑕说这是因为命运安排，因为组合的结束，公司的一档娱乐节目主持人空缺，临时让吴瑕补上，一补就是一年多，吴瑕笑称自己是“刘备借荆州”。观众似乎也相当配合，很快接受了吴瑕，吴瑕也觉得在主持人这条路自己大有潜力可挖掘，于是坚持下来了。几年来，吴瑕先后主持过广西卫视《华灯初上》、广州电视台《娱乐大搜查》、上海有线台《健康日线》等不同类型的电视节目。最后于2006年正式加盟广东卫视一直到现在。2007年，吴瑕以她的专业水平和独特的主持风格荣获北京人民大会堂授予中国金话筒“爱心使者”称号。

在这次采访前我已和吴瑕认识一段时间，知道她是江苏人，平时除了工作之外就喜欢看书。她家有一个很大的书房，里面的书虽然不是很多，但看得出每本书都是精挑细选的，其中有一本是日本作家渡边淳一的《为何不分手》。书架前是一台笔记本电脑，电脑旁放了一本打开的手抄本，零零散散写了一些文字。去她家做客的那天，她还亲自下厨解决了我们的温饱问题，虽然是简单的饺子，但那汤还是略见厨艺的。我所了解的艺人家里的厨房都如同摆设，想不到在吴瑕家里，还真的派上用场，而且使用率相当高。不得不让我从另外一个角度去审视她。我曾赞美她是集秀气、灵气和才气于一身的江南女子。事实上也证明，她懂得充分运用自身特点开辟了多条发展道路，曾参与拍摄《开心二十四味》和《外来媳妇本地郎》，最近又在广东电视台自制剧《白领公寓》中饰演重要角色，还在《大娱报》写专栏……“我感慨那么多大文豪的爱情，郁达夫和王映霞；徐志摩和陆小曼；顾城和谢桦，个个是悲剧，不是自杀就是神经病；梅兰芳和孟小冬，他太不男人了；沈从文和张兆和的爱也看得我上火，一个男人在那么受挫折的时候竟然老婆不在；梁实秋和程季淑还算正常，但他们太颠簸了……”对于名人的爱情，吴瑕如数家珍，了如指掌。

吴瑕说，工作上她基本没压力，最大的压力是感情。“我是一个重感情的人，很容易投入，人一旦投入感情，就容易受伤，爱在很多时候不是爱不起，而是伤不起。”说完，吴瑕神色沉凝了一下。

感情在吴瑕的心里比重甚大，她说目前生活重点在工作，那是因为自己还单身，一旦有家庭，自己还是喜欢相夫教子。当年因为自己忙于工作天天和初恋男友吵架，动不动就挂电话，一挂电话就哭，“他好像不理解我的工作，我感觉我们两个人不在同一个频道上”。当年吵架分手后，吴瑕写下了她人生的第一首歌曲《蓝色》，并用一天完成小样和编曲，但这首歌真正录制和拍MV的时间，却是在六年后的2012年。因为感情细腻，吴瑕偏爱小清新的情歌，在她的《简单女人》专辑里，都是清一色的情歌。

文：我看你对“太阳花”（向日葵）情有独钟。

吴：是的。大师说太阳花旺我，她建议人多叫叫，并让我艺名用这个，可台里不同意，想想也是，主持人叫这个也太不大气了，但小名或花名可以用。

文：仅仅是因为大师的意见？

吴：不全是，我喜欢太阳花的阳光、清新，我的性格也这样。我喜欢刚出道的孙燕姿，清新很清爽的感觉。

文：孙燕姿对你影响很大？

吴：有一定影响，但不全是。影响我更大的是王菲。我很喜欢《天空》这首歌，记得是一部电影《人鱼传说》她唱的插曲和片尾，好美的感觉，当时看完就到处找她的音乐来听。

文：你觉得王菲最吸引你的地方是哪些？

吴：全方位，声音、音乐和气质。

文：你喜欢她和窦唯的时候还是现在和李亚鹏的状态？

吴：当时是窦唯啦！因为青春是不可复制的，是每个人独一无二的，你的明白？

现在我想说和谢先生在一起时让我又相信了爱情。

文：明白。窦唯给很多王菲精神领域的东西，看音乐就知道，包括《浮躁》这一系列的歌。

吴：是啊！人在旅途别忘了带上自己的灵魂，而我们却常常忘了最有价值但却最无形的东西。也许她现在能明白 。

文：你是什么时候开始喜欢上音乐的？

吴：印象中打从有记忆开始，小时候对旋律比较敏感。

文：如果主持人、歌手、演员三个身份，你是怎么安排先后顺序的？三个如果只能选一个，你选哪个？

吴：主持工作是现实，歌手是梦想，演员是兴趣。简单来说，主持是饭，歌手是菜，演员是汤。选哪个你明白啦！

文：你对你的事业下一步有什么规划。

吴：对音乐方面没有多大的规划，走到哪算哪。不过这两年我倒想出写真，配合文字的，如刘若英的《完美中的不完美》那感觉适合我，不做作，很自然真实，我的文字和图片都要“放下虚伪”，现在的社会浮躁虚伪，我要用我干净的眼睛看世界，那世界很美很有爱。

文：你的印象中，哪类的爱情你最深刻？

吴：我向往林徽因和徐志摩的浪漫、梁实秋和她老婆的踏实与坚守。

文：你心中的结婚对象是一个什么样的人？

吴：对待感情我一直比较糊涂，我想我一直在变，原来以为很了解自己想要什么，可是，事实证明并不是。

文：现在你是一个公众人物，你怎么对待自己的感情，“潜水”还是“公开”？

吴：我不介意公开，介意的是刻意公开。

文：就是顺其自然，不解释，不掩饰？

吴：当然，自然生长的才美丽。

文：怎么平衡你的事业和家庭？

吴：纯天然，无添加。（哈哈大笑）没家庭时肯定放重心在事业上了，有家庭了肯定还是要相夫教子的。

文：但你这样忙，会影响你谈恋爱吗？

吴：说忙谈不了恋爱的都是推托之词，忙的话，干脆也别吃饭了！一个电话，一个短信，一个微博留言，足矣！

文：沟通不需多，在于是否到位。

吴：嗯，彼此相信和懂得。

文：你有喜欢的男艺人吗？

吴：说实话还真的麻木了。这个问题换个角度会好一点回答，其实我认为在舞台上的多数都不够真实，我喜欢舞台下的王力宏。

文：为什么？

吴：因为他第一次见我就喊了我的名字，把我吓了一跳。

文：可以这样理解吗，你更喜欢真实的男艺人？

吴：真实的我都喜欢，和帅无关。

文：所以你觉得他是一个很细心很用心的人，你喜欢情感细腻的男艺人？

吴：嗯，让我考虑一下。细腻可以但不可多情，大多细腻的都容易多情更有些滥情。

文：是不是你更在乎感情的忠诚？

吴：嗯，谁都在乎！

文上兴简介：

专栏作家，娱乐企划人。

文氏修护膏发明人和碧莱芙医学护肤品创始人。

深圳市碧莱芙贸易有限公司总经理。

# 我的歌

世界纷纭繁杂

色彩缤纷

但很多人最爱的是太阳光

这种由七色彩光等组成的光线

表现出来虽然是简单的光芒

却让人感觉温暖、丰富

其实，简单也是一种美

最纯的莫过于人的心

简单也是一种美

——吴瑕《简单女人》专辑文案

主打歌：《旧房间》《简单女人》

# 知性的励志小女人

吴瑕主持了《粤港澳零距离》《电影大排档》《TV搜索》《真LIVE真音乐》《功夫大人》等节目，让吴瑕变得更加历练。

越是发展迅速，吴瑕心里越不安，她深知，一个人发展过快很容易会迷失自己，所以，她毅然决定暂时退出进行休整，在广东卫视的支持下，她集中精力去学习各种文化知识，目的是让以后的路走得更加扎实、平稳。

虽然没有拿起话筒，但吴瑕丝毫没有放松，除了阅读大量的文学、社会纪实作品外，她还增加了体形、声乐的训练。在这半年里，她几度忍住了不拿话筒的落寞，“我需要沉淀自己”——这句话在她耳边反复响起。她知道，在人生漫漫的旅途中，无论是伤痛、欢喜、挫折、成功甚至诽谤，但这些都有它本身的价值的道理，人需要静下心，不断反思、进取，为了不让自己过于放松，她开始了另外一条笔耕之路，开办了专栏《闲瑕时光》，以写作的方式让自己更加丰富。

现在，她全力出发了。半年后的她，出现在广东卫视重金打造的《活力大冲关》的节目上，并开始了她的新专辑宣传通告之路。有朋友笑言，吴瑕真是双喜临门。

# 百味人生，五味音乐

亦舒曾写过这么一段话："有气质的淑女，从不炫耀她所拥有的一切，她不告诉人她读过什么书，去过什么地方，有多少件衣服，买过什么珠宝，因为她没有自卑感。"这句话刚好可以用来诠释吴瑕的《简单女人》这张EP的内在精神。

横跨电视主持、影视、专栏作家和音乐四界的吴瑕，推出了她人生中首张音乐专辑《简单女人》，还包揽了专辑里面五首歌中的《简单女人》和《蓝色》两首歌的词曲，风格异样，各有特色。据介绍，这两首歌在2006年已经写好了，但当时只写给自己听和等待能听懂这两首歌的真正含义的人听。

||

不少人以为吴瑕是半路出家，先是主持人，再是歌手。其实不是。吴瑕是星海音乐学院声乐系的高才生，如果你仔细听这张专辑，你会发现她对每首歌的掌握都游刃有余。这就是科班出身的功力所在。

五首歌，五种味道，五种心情。之所以简单，并不是因为单一，而是经历过后的一种平静与释然。

# 淡淡的山泉水

## 《简单女人》

有一种歌是唱给别人听的，但有的歌不需要太多听众，哪怕只有自己。与专辑同名的《简单女人》就是这样一首歌，由吴瑕亲作词曲，把她内心想说的话、想做的事都表露无遗。

有一种爱叫无言，有一种情叫永恒，有一种女人叫简单。之所以简单，是因为明白什么样的生活才叫生活，看厌了灯红酒绿，看透了人生百态，简单生活就是一种幸福。就如一杯山泉水，看似没有什么味道，但仔细品尝，其实含有百味，只是相互抵消了，中和了，才呈现清澈见底的淡淡甘味。

我们可以清晰地从这首歌看出吴瑕内心真正需要什么东西，她真正的生活和向往的未来。其实，这才是真正的吴瑕，是她的真实写照。

值得一提的是，因为这首歌没有任何押韵，需要极高的演唱技巧，需要演唱者淡然的演唱心态。这首歌吴瑕略显一下真假音转换的技巧，可见吴瑕对声音的驾驭能力非同小可。

# 苦咖啡 味道

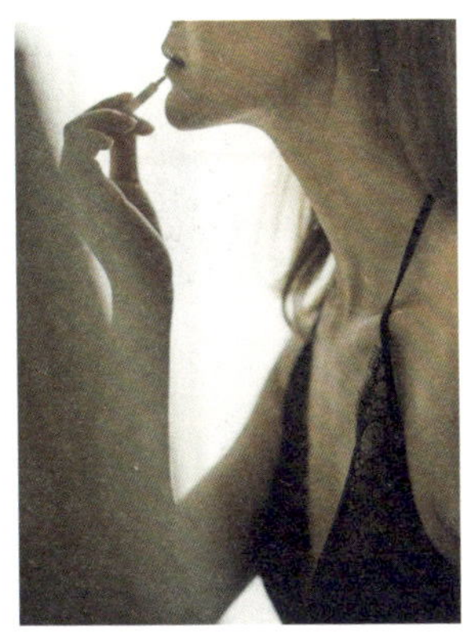

## 《旧房间》

作为主打歌之一《旧房间》，给人一种淡淡的忧伤，如一杯苦咖啡，即使咖啡豆的香味吸引人，但是入口是苦的。这首歌被称为陈奕迅的《好久不见》的姐妹篇，都是寻找一种思念的记忆和味道，但是当你真的想寻找过去，却发现物是人非。都说慢歌出精品，而且更有韵味，《旧房间》可以说是挑战吴瑕低音域的功底，沉而不浑，相当不易。为提升配乐的质量，采用了木吉他和电子吉他的原声演奏，就是为了提高音乐的质感，你会感觉到这首歌包含着歌者的诚意和用心。

# 回忆的甘甜

## 《我们都老了》

恍惚之间，我们好像都渐渐地开始老了。被爱过几次也爱过几次，聚聚散散都是一场缘分。曾经以为可以跟你天长地久，但是命运却一直在捉弄着我们。我们都已经老了，你要找到比我更爱你的人。我仅仅只是希望你可以快乐，请你一定要好好的。广东电视台知名主持人吴瑕最新单曲《我们都老了》。温柔的声线倾诉一曲关于爱的歌。在这个炙热的夏天抚平急躁的心，静静的用心听。

# 暖暖的 太阳花

## 《我的大篷车》

[我是歌手，我叫吴瑕]

吴瑕？

主持人？

演员？

那个…… 那个……

大家好：我是歌手，我叫吴瑕。

两年前还唱着《我们都老了》的吴瑕，用时间谱写了人生两年的光阴，也用两年的时间再次向音乐梦想出发，用她的话说：两年时间，我一直在尝试不同角色，换位体验工作、人生、事业的各种角色博弈，发现，原来我热爱的，还是那个简单的我。两年，730天，17520个小时，我带着我的全新单曲《我的大篷车》回来了。

本歌曲由资深音乐人士文上兴作词，四川音乐学院教授崔楠作曲，流行音乐人蔡晓恩编曲，以“不要太赶”的主题，讲述人生旅途中的另一道风景。相比以前的情歌路线，这首以《卡门序曲》为开场引子，随后转入通俗流行曲调，在音乐上做了极大的融合、对比，经过重新编曲后，却显得那么的自然流畅，也许这就是音乐的魅力。

副歌部分以积极向上的人生态度搭配着歌词唱出了吴瑕这两年来的感悟：时间匆匆，抓得住的，抓不住的，都不要留心，得到或失去什么，不是唯一开心的标准，学会放下，也许才是幸福的真谛，就像是歌词里唱到的：我站在世界屋脊，触摸生命的天际。

L'amour est un oiseau rebelle
Que nul ne peut apprivoiser
Et c'est bien en vain qu'on l'appelle,
S'il lui convient de refuser.
L'amour, l'amour, l'amour, l'amour!

——《卡门》歌剧

相信如果我不说，没人能听得出来歌曲中这几句法语词是吴瑕本人唱的吧。

本身就是美声专业毕业的她，在大学同学，留法老师杜烁的现场辅导下，重拾自己老本行，凭着扎实的音乐素养，没想到一次就给通过了。想知道吴瑕到底唱得如何，是吐槽，还是褒奖，你们听了说的算。

世界观，就是要去观世界。

到处寻寻觅觅，只因想成就生命的奇迹。

这首歌也会是吴瑕在广东卫视《活力大冲关》的主题曲。也特别感谢好姐妹音乐人陈珀给这首歌曲的意见，在粉丝、好友、亲人的见证下，伴着全新音乐《我的大篷车》跨别两年的回归，生活就应该是崇尚简单，并交织着艺术的，吴瑕坦言说："我热爱生活，热爱简单的生活，在这两年我走了很多地方，听了很多故事，也发起了一个名为'简单生活'的艺术沙龙，除了音乐，还想带给大家更多分享，也许以后我会成为一个旅行者，开着我的大篷车，放着那些可以触摸生命的音乐，写一些属于你我的小故事。"

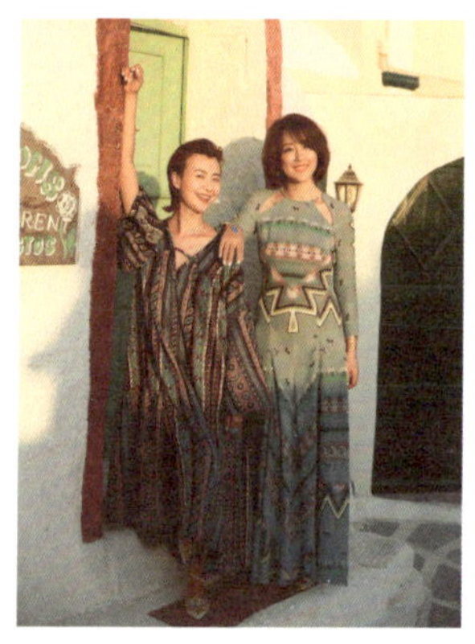

## 《简单生活》

这两年，吴瑕出了两首单曲：《我的大篷车》和《简单生活》。

这两首歌曲都是表达一种生活态度和状态，如《简单生活》，就是一种平凡人的生活方式。

这首歌由文上兴作词，鲁士郎谱曲，台湾金牌音乐制作人吕绍淳编曲，吴瑕和她的闺蜜夏名汐合唱的爵士风格的曲子。这首歌本来是2015年已经编曲完毕，但追求完美的吴瑕和夏名汐始终觉得之前的编曲总是差点什么，就一直没有发布，压在箱底。

一次机缘巧合的机会，认识台湾金牌音乐制作人吕绍淳，吕绍淳近年很少出手制作，最近的作品是电视节目《爸爸去哪儿》的编曲，还有大家熟悉的萧亚轩《爱的主打歌》、蔡依林的《舞娘》、杨坤的《牧马人》就出自他的手。吕绍淳听完《简单生活》，觉得这么有意义的歌，应该赋予更简单的色彩，所以采取爵士乐的编曲方法对《简单生活》进行改造，表现出歌曲那种悠闲自在的生活。吴瑕和夏名汐开始国内外的闺蜜游，真正体会那种自由自在的生活。最后，带着这种感觉，远赴台湾录下这首歌，并作为与这首歌同名的“简单生活”主题曲。

《简单生活》追求的是顺其自然的生活方式，早上睡到太阳照在床上，没事画画看书，自己过自己的生活，不在乎别人看自己的眼光，不去管各种流言蜚语，不去争论谁的对错，冷暖知自己，把自己过好。这是一种积极的人生观。恰恰反映了现在都市人的争名逐利。对于吴瑕和夏名汐来说，虽然各有各的事业，如吴瑕在电视媒体的主持人工作，夏名汐经营她的时尚工作，两个闺蜜觉得应该提倡一种健康的生活方式，成立了“简单生活”品牌，是闺蜜之间的一种紧密联系，也是两个人的生活理想。

《简单生活》录制并不简单，录了一整天。对于吴瑕来说，录音不是第一次了，但这次是合唱的歌曲，夏名汐是第一次正式录唱，但没有丝毫怯场，她说：“我觉得挺好玩的。”两个闺蜜一边录音，一边说笑，录音断了又断，录音师也被两闺蜜乐得开怀，在这种不带任务性的录音气氛中，两个人的声腔彻底被打开，顺利完成了这首《简单生活》。

吴瑕说，这首歌刚好作为她的新书《我的无瑕时代》发行前的一道点心，也算一个有意义的序言。

# 小　结

听歌，很多时候是听一种旋律，但更多时候是听这首歌背后隐藏的故事。吴瑕的《简单女人》这张专辑里，没有用花哨的编曲技术，也没有用华丽的演唱技巧，更多表达的是一个女人的心事，还有她与大家分享的一种真诚，告诉人们她是怎样从人生的低谷走过来的。当大街小巷的情歌开始泛滥时，不如静下心来，仔细聆听《旧房间》和《简单女人》，你会体会更多，感触更多。就如《简单女人》里面的一句歌词“我习惯难过的时候，就不说话，就试着微笑代表沉默”。两人若是相知，又何必多言？你说是不？

企划文案：文上兴

# 谁 为你的无瑕时代添色

昨天，拍完了《我的无瑕时代》的封面。这件事情终于告一段落，接下来就是团队们辛苦的事情了，我该做的都基本完成，再去催催那些答应了给我写序和推荐的朋友们，也甭管最后有几个朋友的推荐，这事情全看缘分。

每个人都有梦想，不能走着走着就丢了，我不光没丢，一路上还拾了几个。

一本书，一场演唱会，一部电影，见证我的无瑕时代。

本来不想特别俗气地感谢一大帮人一堆TV的，但我毕竟还是个俗人，必须说的话还是要一一细数。我的同学们知道我要出书了纷纷问我书里有没有提到他们，说不提到就不买了。呵呵，要全部提到的话这本书就全是人名了还能看吗?

校园里的回忆永远是最天真无瑕的，那些骑着自行车追风的日子和学校门口炸豆腐和辣海带的香味一直没变过。

大学的同学们一直也没聚过，估计大家都在忙着拼事业还没来得及回忆，感谢崔峥嵘、罗洪、雷光耀、杨岩和陈晓老师。

大二，我就参加工作了，广州电视台的歌乐小姐拿了冠军，被燕子姐叫去英扬公司面试，之后签约成艺人，走上了星光之路。感谢黄英毅先生的赏识。

虽然2005年中华小姐没进前三，还是感谢胡一虎先生和姜声扬先生的鼓励，塞翁失马焉知非福。2006年签约广东广播电视台，感谢广东广播电视台对我的培养。

湖南卫视《智勇大冲关》的制片人罗强良（罗老师）也要特别感谢，绝对的良师益友。

感谢兰刚先生，在我最困扰的时候帮我制作了第一张唱片《简单女人》。还有金牌司仪我曾经的经纪人陈欣健先生，总是在我迷茫的时候给我鼓励和正能量。

还有一些茶里和酒里的朋友及合作伙伴，希望一路有你们相伴，让我的日子变得有味更有情。

还有更多的朋友也就不一一提起了，将来的作品会有更多，我要把对你们的感谢留到下一个作品。

这几天的太阳特别热情，燃烧着每一个有梦想的人，我心里的火焰也一直没有停歇，只是看上去没有原来的那般着急和不切实际。

生命赋予我们神奇的力量让我们思考和前行，我愿这一切能在我们的心里燃烧得久一些，证明我们还年轻，还有梦可寻，还有我们的无瑕时代。

昨天的事情现在看似平淡，但我相信总有一天会融化在眼里，变得像汪洋大海一般。

# 末

开始既然是偶然，那么结尾也不必太刻意，2016年7月20日下午5点零8分，我听着流水的声音，本想安适地睡上一觉等洗完头再说，可灵感这东西是说来就来了，怕一个晃神儿，从脑子里Delete，没工夫纸墨笔砚，索性来个截屏为证。

一切好像刚开始，一切又好像刚结束。我的心从前段时间的焦虑，变得好像已然习惯，放下了。

· ·
︶

撩起耳旁数缕烦丝，深叹了口气，闭着眼默点着流水的声音，想它穿过头发丝之后又要万转千回地去多少个地方再终归于大海。而这种定数，就像我们一出生就注定要经历些什么，才会尘归尘、土归土，每个人的故事都有精彩的、狗血的，最后也是一睁眼一闭眼，过程原比结果重要。

现在我特别感恩你们能拿着这本书看到这儿，陪我走完这一段的时光旅程。相信吗？我们也许在书里无数的段落、章节里擦肩而过，只因没能在人群中多看你一眼，或许当你发现我的故事有你的影子，不用怀疑，那就是你。如果可以，我希望每一段的旅途都有你们。

故事里的欢笑与泪水，挣扎与接受，好多已回忆不清，而我是个严重的短暂失忆症患者，所以我必须把这点滴记下。

无瑕时代应该都是挥洒的、自然的，每一个节点的情绪都有意义，我们的妥协、改变，让我们成为更可爱的样子。

也许，十年之后再回看这本书仍然会有不同的感受，重要的是，你依然是你，我依然还是我，各自完整。

不需要双手合十去祭奠无瑕时代，因为无瑕时代不悲伤，不落泪，它一直在，在我们的眨眼之间，在微笑里，在包容里，在念想里。

感恩！

2016年7月21日

# 我的无瑕时代

从我的世界走近你的心灵

吴瑕 著